숲속 노부인이 던진
네 가지 인생 질문

숲속 노부인이 던진
네 가지 인생 질문

테사 란다우 지음　　송경은 옮김

사랑하는 부모님께

내면의 나침반을
따르는 사람은
눈을 감고도
목표에 도달한다

차례

만남

그날 나를 그곳으로 이끈 건 무엇이었을까.

그 이유를 알아내려고 머리를 쥐어짜며 생각에 잠긴

적이 얼마나 많았던가. 여름이 돌아왔다는 걸 보여주듯

오래간만에 모습을 드러낸 쨍한 햇살 때문이었나?

그래서 무엇이든 가능할 것 같다는 생각이 들었나?

아니면 이틀 전 수천 개의 빵 부스러기와 주황색 당근

퓌레 알갱이로 뒤덮여 있던 부엌 바닥을 보고 망연자실해

울고 싶은 나 자신을 발견해서였을까?

그것도 아니면 지친 몸으로 퇴근을 했지만 애들을 데리러

가기 위해 급히 차에 오르던 중 갑자기 숨이 턱 막히며

가슴을 조여오던 그 느낌 때문이었나?

그날 베이비시터한테 전화를 걸어 아이들을 데리러
가달라고 부탁했던 기억이 어렴풋이 난다.
중요한 회의가 있다는 핑계를 댔던 것 같다.
"회의가 늦게 끝날 수도 있어요"라고 덧붙이며
전화를 끊었다. 그러고는 목적지도 모른 채 차를
몰았다.
언제쯤인지는 모르지만 차를 주차해놓고 한참 동안
키 큰 활엽수가 양쪽으로 늘어선 좁은 길을 따라
걸었다. 내 머리 위로 캐노피처럼 드리워진 적갈색의
잎사귀가 바스락거렸다. 나뭇잎 틈 사이로 비스듬히
떨어지는 오후의 햇살이 연한 황갈색을 띠며 주변을
따스한 빛으로 물들였다. 그러다 눈앞에 바로 그곳이
나타났다. 내 기억 속의 장소, 숲속의 공터가. 늠름하게
자리를 지키고 있는 떡갈나무 고목. 한때 굵은 줄기에
내 이름의 이니셜을 새겨보려고 무던하게 애를 썼던
그 나무가 나를 반기기라도 하듯 풍성한 가지를 펼치고
있었다. 살랑살랑 산들바람이 불자 잎사귀가 춤추듯
땅으로 떨어졌다. 비바람에 상하긴 했지만 나무 아래
오래된 벤치도 그대로 있었다. 아무것도 바뀌지 않았다.
시간을 초월해 과거에서 튀어나온 것 같은 공간이었다.

고향으로 돌아온 기분이었다.

벤치에 앉아 이끼로 뒤덮인 거친 나무 위에 손을
얹으니 편안하고 따뜻한 느낌이 들었다. 이곳을 왜
그리 오랫동안 오지 않았을까? 이 장소가 내 삶에서
오랜 세월 동안 사라졌다니, 어쩌다가 이렇게 됐지?
갑자기 깊은 슬픔이 덮쳐 순식간에 눈물이 고이며
흥건해졌다. 대체 나한테 무슨 일이 일어난 걸까?
최근에 사소한 일로 왜 그렇게 속상해했지? 왜 그리도
짜증이 많이 났고 순식간에 평정심을 잃어버렸을까?
그날 아침만 해도 그렇다. 새로 입사한 직원이
전화번호 두 개를 실수로 잘못 줬다는 이유로 난 그녀를
꾸짖었다. 평상시의 나라면 그런 사소한 일로
문제 삼지는 않았을 텐데, 대체 왜 그랬는지 모르겠다.

이제 막 지평선에 닿는 태양을 물끄러미 바라봤다.
그러곤 한숨을 쉬었다. 어쩌면 잠을 충분히 자지 못한
탓에 피곤해서 그랬을지도 모른다. 작은아이가 전날 밤
기침을 심하게 해서 거의 매시간 일어났으니까.
그리고 그날 이전에도 회사에서 새로 맡은 프로젝트
생각에 며칠 동안 잠을 제대로 못 자긴 했었다.
"집에 가면 그냥 아이들부터 재우고 나도 바로
자야겠어."
이렇게 다짐했다. 자야겠다는 생각만으로도 기분이
조금 나아졌다.
"이제 나도 휴식 시간을 좀 가져야 해. 빠른 시간 내에
만들어봐야겠어."
이런 생각도 머리를 스쳤다. 지금은 아이들의 바운시
캐슬 :: 아이들이 뛰어놀 수 있도록 공기를 주입해 만드는 거대한 풍선
놀이기구로만 사용되는 우리 거실의 넓은 소파 공간이
그리웠다. 그 자리에 앉아 아무런 방해도 받지 않고
조용히 스릴러나 읽을 수 있다면 얼마나 좋을까.
아니면 기분 좋은 수증기로 감싸인 사우나에서 휴식을
취하거나. 내 친구 하이케를 불러 맛집 탐방을 해도
좋겠다. 와인 두세 잔 마시며 수다도 떨고 그냥 부담

없는 홀가분한 그런 시간이면 된다.

그런 게 얼마나 그리웠던지…….

한숨이 나왔다. 그동안 내가 친한 친구들을 얼마나 그리워했는지도 뼈저리게 깨달았다. 5학년 때부터 멜리와 기지, 하이케, 나 이렇게 넷은 떼려야 뗄 수 없는 클로버 잎 같은 단짝이었다. 그런데 각자의 삶이 우리를 갈라놓았다. 그동안 멜리를 만나려면 국토 절반쯤을 가로질러야 했다. 심지어 기지는 미국에 정착했다. 같은 도시에 사는 하이케와도 자주 만나지 못했다. 3개월 전 하이케 생일에 만난 게 마지막이었다. 전화 통화도 거의 못 하고 지냈다.

"자기 연민은 그만!"

손등으로 눈물을 닦으며 자신을 꾸짖었다.

곧바로 벤치 옆에 있던 핸드백에서 전화기를 꺼내 이렇게 썼다.

'하이케 잘 지내지? 너무 보고 싶다! 오랜만에 우리끼리 수다 어때?'

그러곤 웃는 얼굴 이모티콘을 넣자 내 얼굴도 밝아지는 기분이었다. 보내기 버튼을 누른 뒤 등을 기대고 눈을 감았다.

오후 4시. 나는 정각에 도착했다. 작은 테라스로
이어지는 좁은 계단을 가벼운 발걸음으로 올라갔다.
대부분의 테이블이 만석이었다. 하이케의 모습은
보이지 않았다.

"치아오 ː 만날 때 흔히 쓰는 이탈리아어 인사, 어서 오세요!"
루이지가 그릇이 가득한 쟁반을 들고 밖으로 나오다
반갑게 인사했다.

"잘 지내요?"
그는 백발의 부부가 앉아 있는 밝은색 나무 테이블에
라테 마키아토 두 잔과 휘핑크림이 얹어진 아이스크림,
커다란 케이크 한 조각을 내려놨다. 루이지는 "맛있게
드세요"라고 노부부에게 말한 뒤 다시 내 쪽으로 왔다.

"오늘은 이 자리에 앉아요."
그는 강이 내려다보이는, 전망이 제일 좋은 테라스
가장자리의 작은 테이블로 안내해줬다.

"고마워요." 나는 자리에 앉으며 말했다. "여기 다시
오다니 너무 좋아요!"

"지금 주문할래요?" 루이지가 주문서를 꺼내며 물었다.

"고마워요. 그런데 하이케가 곧 올 거라서 기다렸다가 같이 주문할게요."

"오, 잘됐네요!" 루이지가 윙크하며 말했다. "그럼 또 우정의 컵을 주문할 거예요?"

"모르죠."

대답하면서 추억이 생각나 나도 모르게 빙그레 미소가 나왔다.

하이케와 나는 학교에 다닐 때부터 이곳 '루이지 카페'의 단골이었다. 그때 분위기 좋은 아늑한 아이스크림 카페가 막 오픈을 했고 멜리와 기지 등 우리 친구들은 자주 이곳에 들렀다. 용돈이 빠듯했던 우리 넷은 생크림이 얹어진 커다란 초콜릿 아이스크림 큰 컵을 시켜 나눠 먹었고 언젠가부터 루이지는 그걸 우스갯소리로 '우정의 컵'이라고 불러주었다.

나는 의자에 등을 기댔다. 최고의 초가을 날씨란 바로 이런 것이라고 보여주듯 쾌청한 날이었다. 작은 테라스 아래로 넓은 강이 펼쳐져 있고 강가에선 수많은 사람들이 오늘의 마지막 태양을 즐기고 있었다. 강을 따라 걷는 사람들도 있었고, 자전거나

인라인스케이트를 타는 사람들도 있었다. 강가 양쪽에 늘어선 키 큰 활엽수 잎사귀가 빨강, 노랑, 초록, 갈색 등 여러 가지 색으로 물들어 있었다. 막대기를 잡으러 물속으로 뛰어드는 래브라도레트리버 한 마리를 바라보다 시계를 봤다.

"하이케는 대체 어디쯤 오고 있는 거야?"

나는 불안한 마음으로 혼잣말을 했다.

아이들을 데리러 가려면 6시엔 여기서 나가야 했다. 며칠 전부터 아이들 중 누구라도 갑자기 아파서 하이케와 약속을 미뤄야 하는 상황이 생기지 않기를 속으로 간절히 기도했다. 다시 약속을 잡기가 여간 어려운 일이 아니었기에. 숲속 공터에서 하이케에게 메시지를 보낸 지 2주가 지났다. 힘겨운 일상을 질질 끌고 버텨온 시간이었다.

4시 20분이다. 하이케가 교통 체증으로 옴짝달싹 못하고 길에 콕 박혀 있나? 빈 의자에 놓아두었던 핸드백에서 전화기를 꺼내 문자를 보냈다.

'지금 어디야? 별일 없는 거지?'

10초 뒤 답이 왔다.

'오우, 노!!!!!! 우리 약속이 오늘이었어???? 난 다음 주

수요일로 알고 있었어. 정말 미안해! 다음 주 수요일에
나올 수 있니? 연락 줘. 하이케.'
30분 뒤 나는 낡은 벤치에 도착했다. 하루 종일
엄청나게 무거운 커다란 짐을 짊어지고 다니기라도
한 것처럼 사지가 무겁게 느껴졌다. 벤치에 앉아
하늘을 바라봤다. 오후의 마지막 햇살은 떡갈나무 가장
윗부분의 왕관처럼 벌어진 틈을 황금빛으로 빛나게 할
만큼 강렬했다. 나는 천천히 등을 기대고 눈을 감았다.
바람이 내 팔을 부드럽게 어루만졌고, 나무 꼭대기에서
새들이 지저귀는 소리도 들려왔다. 그렇게 무겁던 몸이
점점 가벼워졌고, 눈꺼풀은 더욱 무거워졌다. 숲의
소리가 나를 어딘가로 데려가는 느낌이었다.
"아름다운 자연 아닌가요? 여기 정말 좋죠?"
갑자기 낯선 목소리가 들렸다.
나는 화들짝 놀라 눈을 떴다. 벤치 내 옆자리에 백발
노부인이 나를 보며 환하게 미소 짓고 있었다. 갑자기
어디서 나타난 거지? 난 아무 소리도 못 들었는데.
"휴식을 방해할 생각은 없으니 신경 쓰지 말아요."
그녀가 말했다. "나도 사색할 일이 있을 때마다
여기 자주 오거든요."

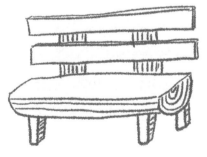

잠깐 동안 나는 일어서고 싶은 충동을 느꼈다.
이곳에 친분을 쌓으려고 온 게 아니었으니까. 오히려
정반대다. 그래도 일어서지 않은 건, 내가 여기서
잡담을 할 생각이 전혀 없다는 걸 알면 노부인도
자리를 비켜줄 것 같아서였다. 내 의지를 보여주기라도
하듯 난 다시 눈을 감고 덤불 속에서 지저귀는
새소리를 들었다.
"갈구하고 있군요." 노부인이 정적을 깨고 말했다.
질문이라기보단 단언같이 들렸다.
'맞아요, 휴식을 갈구하고 있어요.'
이렇게 말하고 싶은 마음이 굴뚝같았지만 꾹 참고 눈을
떴다. 하지만 대신 이렇게 물었다.
"왜 그렇게 생각하시죠?"
그러곤 벤치 옆자리 노부인을 곁눈질했다. 노부인은
백발 머리를 한 올도 남기지 않고 빽빽하게 뒤로 넘겨
하나로 묶었다. 발목까지 오는 심플한 흰색 리넨
원피스 아래로 날씬하고 다부진 몸이 드러났다.
"그냥 그런 느낌이 들었어요." 노부인이 대답했다.
나는 다시 눈을 감았다. 피곤했다. 너무너무 피곤했다.
"난 어릴 때부터 여길 좋아했어요……."

몇 분 뒤 내 옆에서 들린 소리였다.

"……어른이 되어서도 여길 자주 찾았어요.
확신이 안 서거나 어떻게 해야 할지 모를 때마다 왔죠."
난 낯선 노부인이 소리도 없이 이곳으로 왔듯 다시
소리도 없이 사라져주길 간절히 바랐다. 대답 대신
내 입에선 나지막이 투덜거리는 소리가 튀어나왔다.
"그래서요?"
나는 눈을 뜨고 그녀를 응시했다.
나중에 나는 그 순간 왜 내가 이 질문을 하게 되었는지
종종 자문해봤다. 더불어 내가 그 말을 하지 않았다면
내 인생은 어떻게 흘러갔을지도.
노부인은 몸을 굽혀 방금 땅에 떨어진 잎사귀를 집어
들었다.
"전에 나한테도 그런 시기가 있었어요. 그땐 내가
바람에 흔들리는 나뭇잎처럼 느껴졌죠. 중심을 다시
잡는 방법을 몰라 어쩔 줄 모르며 허공을 맴도는 것
같았어요."
소름이 돋았다. 내 감정을 이보다 더 잘 설명할 수는
없을 것 같았다.
"그런데……." 그녀는 말을 이었다. "밖에서 보면 모든

게 좋아 보였죠. 어린 두 아이도 있었고 사랑스러운
남편도, 괜찮은 직업도 있었으니까요."

그녀는 잠시 말을 멈추고 허공을 바라봤다. 지평선에서
뭔가를 찾는 시선이었다.

"그런데 내 마음 한쪽에선 그렇지 않았어요.
너무 피곤했고, 또 공허했거든요. 몸도 힘들고 모든
것에 지쳤죠. 좋은 것들도요. 내가 뭘 바꿔야 할지
몰랐어요. 그런 것들이 두려움으로 다가오더군요.
그런 기분 알아요?" 그녀는 잠시 머뭇거리다가 나를
응시하며 물었다.

생전 처음 만난 낯선 사람이 나에 대해, 내 삶에 대해
말한 것 같았다. 하지만 난 나 자신도 이해할 수 없는
그런 일들을 그녀에게 믿고 맡길 준비가 되지 않았다.

"그래서 뭐가 달라졌나요?"

난 오히려 반문하며 대답을 회피했다.

"흠, 그때 난 정말 생각을 많이 했고 이런저런 일들을
시도해봤어요. 그러다 인생의 질문을 만나게 되었죠."

"인생의 질문이요?"

"언뜻 보면 그냥 아주 단순한 네 가지 질문이에요."
노부인이 말했다. "하지만 그 질문들은 인생 전체를

바꿀 수 있는 힘이 있어요."

소중한 보물을 내 눈앞에 놓기라도 한 것처럼 그녀의
눈이 반짝반짝 빛났다.

'누가 그런 걸 믿어.' 난 의구심을 품으며 속으로
중얼거렸다. 노부인은 아마 굉장히 외로워서 대화할
상대를 찾고 있는 게 아닐까. 그리고 가능하면 대화를
길게 하려고 이런 엉터리 질문을 생각해냈겠지.

난 이 시점에서 대화를 끝내는 게 좋겠다는 생각으로
자리에서 일어났다.

"제안 하나 할게요." 내가 자리를 뜨려는 걸 보고
그녀가 말했다. "첫 번째 질문부터 얘기할게요. 그럼
의미가 있는지 없는지 당신 스스로 찾아낼 수 있을
거예요."

"흠……."

나는 잠깐 생각에 잠겼다. 모든 게 터무니없는 것같이
들리기는 했지만, 그래도 호기심이 생기긴 했다는 걸
인정해야 했다.

"네, 좋아요."

결국 난 이렇게 대답하고 다시 의자에 앉았다.

노부인이 말을 이었다. "우리가 결정해야 하는 순간이

왔을 때 어떤 걸 따라야 할까요? 머리에서 나오는
이성, 아니면 마음에서 나오는 느낌?"

"그게 아까 말씀하신 인생의 질문인가요?"

"아니에요." 그녀는 말하고 눈을 찡긋했다. "아직 그
질문까지 가진 않아요. 한 걸음씩 단계적으로 접근해야
해요."

'이건 또 뭐람.' 나는 속으로 중얼거렸다.

그냥 눈을 부릅뜨고 싶었지만 참았다. 그래도 한번
생각해봤다. 물론 느낌은 굉장히 중요하다.

말해 뭐하겠는가. 마음으로 느끼는 감정은 의미 있는
경우 진지하게 받아들여야 하는 법이다.

그럼에도 중요한 결정을 내릴 때는 이성으로 최종
결정권이 나와야 한다는 확신이 들었다. 회계 담당자라는
내 직업적 견해로만 봐도 그렇다.

"이성이요." 그래서 이렇게 대답했다.

"왜요?"

"이성의 도움을 받아야 객관적이고 올바른 결정을
내릴 수 있으니까요."

"그렇게 생각하세요?" 노부인이 싱긋 웃으며 되물었다.
언뜻 보기에 노부인은 여든이 훌쩍 넘었을 것 같은데

그녀의 두 뺨이 굉장히 매끄럽다는 게 이제야 눈에 들어왔다. 아니면 이제 겨우 60대인가? 그녀의 나이를 판단하는 게 어찌된 일인지 불가능해 보였다. 어떻게 보면 굉장히 늙어 보였고, 또 달리 보면 아주 젊어 보였다. 문득 내가 그녀를 전에 어디선가 본 듯한 느낌이 들었다.

"생각게임 한번 해볼까요? 어때요?" 그녀가 물었다.

"······네, 그러죠." 나는 머뭇거리며 대답했다.

이유를 정확히 말할 수는 없지만 어딘가 모르게 이 노부인은 내 마음을 매료시키는 힘이 있었다. 노부인에게 점점 흥미를 느꼈다.

"율리아라는 젊은 여성이 있다고 가정해봐요."

그녀가 무릎 위에 손을 얹으며 말했다.

"율리아는 30대 초반으로 굉장히 야심 차고 목표 지향적인 여성이에요. 그녀는 무조건 직장에서 승진하고 자신의 경력을 쌓고 싶어 해요. 언젠가 최고 관리직에 오르는 게 그녀의 목표죠. 율리아는 자신의 인생에 또 다른 꿈이 있어요. 아이를 갖고 싶어 하죠. 아이에 대한 소망이 너무 간절해서 남편과 그녀는 아이를 갖기 위해 얼마 전부터 노력 중이에요."

노부인은 잠시 말을 멈추고 날 바라봤다.

"여기까지 다 이해했죠?"

난 고개를 끄덕였다. 대체 이해 못 할 게 뭐가 있겠는가.

"자, 이제 이런 일이 생겼어요." 그녀가 말을 이었다.

"전혀 예기치 않게 꽤 높은 자리에 있던 사람이
퇴사를 했고, 평상시 율리아를 높이 평가하는 사장이
율리아에게 물어요. 그 자리를 맡을 의사가 있는지.
업무가 굉장히 매력적이긴 하지만 그만큼 책임이 큰
자리였지요. 근무 시간도 불규칙하고 야근이 잦은,
하루 종일 일에 매달려야 하는 자리요. 가능하면
아이가 어린 몇 년 동안은 자신이 직접 아이를 돌보고
싶다고 생각했던 율리아는 자신이 이 자리를 선택하면
아이를 낳으려던 계획을 한참 뒤로 미뤄야 한다는 걸
알았죠. 그녀는 마음이 혼란스러웠고 어떤 선택을 해야
할지 몰랐어요. 기회를 잡아야 할지, 아니면 제안을
거절해야 할지를요."

노부인이 나를 보며 상냥하게 미소 지었다.

"당신이라면 율리아에게 어떤 조언을 해주겠어요?
당신 관점에서 객관적으로 올바른 결정은
어떤 건가요?"

나는 잠시 생각했다. 문제가 뭐지? 아이냐 경력이냐의
문제는 이제 더 이상 모순 관계가 아닌걸.

노부인은 고리타분한 생각의 소유자인 듯했다.

"제 생각에, 율리아는 일단 사장의 제안을 받아들이고
경력에 집중해야 할 것 같아요. 율리아는 겨우 30대
초반이고 아이를 가질 수 있는 시간이 충분히 많이
남아 있잖아요. 나중에 일을 줄일 기회가 생길 가능성도
있고요. 그렇지 않더라도 그녀가 엄마가 되어 아이를
잘 키울 가능성은 충분하다고 봐요."

"논리적이고 이성적인 조언이네요."

노부인은 고개를 끄덕이며 동의했다. 잠시 후 그녀가
눈썹을 치켜올렸다.

"그런데 말이에요, 율리아의 마음속 깊은 곳에선
나중이 아니라 지금 아이를 원한다고 가정해봅시다.
그럼에도 그녀는 절호의 기회가 다시는 오지 않을까 봐
두려워서 일자리 제안에 동의했다고 보자고요.
시작부터 불만의 감정이 그녀를 갉아먹어요. 시간이
흘렀지만 근무 시간을 줄인다는 건 상상도 못 합니다.
율리아는 점점 더 불행해져요. 그녀의 친구들은 전부
다 자녀가 있어요. 30대 후반이 되자 율리아는 이제

더 이상 기다리지 않겠다고 결심을 합니다. 그래서
임신을 시도하지만 잘되지 않아요. 시험관도 여러 차례
해봤지만 실패합니다. 상황은 점점 더 악화되어
율리아의 결혼 생활은 파경에 이르게 됩니다. 게다가
행복한 가족관계를 유지하는 친구들과도 거리가
멀어지게 되죠. 40대 후반이 된 율리아는 고독하고
삶에 실망한 사람이 되었죠. 그녀가 객관적으로
합리적인 결정을 내렸는데도 말이에요."

'말도 안 돼.' 나는 속으로 씩씩거렸다.

"물론 그런 최악의 시나리오도 생각할 수는 있겠지요.
그래도 수십 가지의 다른 버전이 가능하잖아요."
내가 반박했다.

"예를 들면요?" 노부인이 물었다.

"율리아가 그 자리를 받아들여 일에 완전히 매진한다고
가정해보자고요. 그러다 아이를 낳고 싶은 생각이
사라질 수도 있어요. 아이 대신 직업적 성취와 독립성을
즐길지도 모르죠. 아니면……."
내가 이 문제에 얼마나 깊이 빠져들었는지 느낌이 왔다.

"율리아가 그 제안을 거절하고 아이를 낳을 수도 있지
않겠어요? 그러다 나중에 다시 일에 복귀해 경력을

쌓을 수 있고요. 그녀가 자신의 일을 잘해낸다면
나중에 기회는 얼마든지 많이 생길 테니까요."
노부인이 뭔가 반박할 듯 숨을 고르는 걸 보고 난 재빨리
덧붙였다.

"게다가 율리아가 그 자리를 받아들였어도 아이를
비교적 빨리 낳을 수도 있고요. 자신이 생각했던
것보다 아이를 돌보는 시간이 부족하다 하더라도
그로 인해 그녀가 행복하지 않다고 말할 수는 없는
거예요."

"좋아요!" 노부인이 말하며 얼굴에 내려온 백발 머리를
위로 쓸어 올렸다. "굉장히 좋은 반론이에요. 그렇다면
객관적으로 올바른 결정은 무엇이라고 생각해요?"
노부인이 얼마나 치밀하게 나를 유도했는지 이제야
깨달았다.

"글쎄요, 이런 경우 올바른 결정이란 게 존재하지 않을
수도 있어요." 나는 마지못해 인정했다.

"객관적으로 올바른 해결책이 없다면, 그럼 율리아는
자신이 어떤 결정을 내릴지 어떻게 알아낼까요?"
한동안 나는 어떻게 대답해야 할지 고민했다. 직감적으로
눈을 감고 생각했다.

"마음이 끌리는 대로 해야겠죠."
몇 초 후 나는 다시 눈을 뜨며 대답을 했는데, 그 대답에
스스로도 깜짝 놀랐다.
"그럼 구체적으로 어떻게 진행될까요?"
생각을 해야 할 것 같아 나는 다시 눈을 감았다.

"율리아가 결정을 내리기 전에 자신의 말을 귀 기울여
들어야겠죠." 내가 대답했다. "자신에게 묻는 거죠.
'내가 정말 원하는 게 뭘까?'라고요. 그 질문에 대한
답을 찾으면 올바른 결정을 내릴 수 있을 거예요."
난 눈을 뜨고 노부인의 얼굴로 시선을 돌렸다.
그녀는 잭팟이라도 터뜨린 양 입꼬리가 귀에 닿을 듯

환하게 미소 지었다.

"아무리 생각해봐도 내가 그보다 더 확실하게 설명할 순 없겠어요. 당연히 이성은 중요해요. 사물을 다양한 관점으로 보고 장점과 단점을 저울질하는 데 도움이 되니까요. 그런데 이때 중요한 건 우리 마음속 느낌도 예스라고 대답을 해야 한다는 거예요."

그녀는 잠시 말을 멈추고 내 눈에 시선을 고정했다.

"우리가 느끼는 감정은 우리를 안내하는 내면의 나침반 같은 거예요. 대부분 사람들은 감정을 뱃속에서 느끼기도 하고, 또 다른 사람들은……." 그녀는 가슴에 손을 얹으며 말을 이었다. "가슴에서 느껴요. 가장 이상적인 건 나침반이 우리의 행동을 다 안내하는 거예요. 그런데 말이죠, 수많은 사람들은 감정이 중요한 결정에 설 자리가 없다고 믿기에 내면의 나침반을 무시해요. 심지어 감정이 결정에 관여하면 해롭다고까지 생각하죠. 어떤 이들은 자신의 감정을 너무 자주 억눌러왔기 때문에 더 이상 내면의 나침반을 느낄 수 없어요. 그 사람들은 자신의 머리로, 즉 이성으로 결정을 내려요."

그녀의 미간에 주름이 잡혔다.

"바로 여기에 위험 요소가 있어요. 이성적인 관점으로
볼 때 합리적으로 보이는 것들이라고 무조건 마음이
편한 건 아니거든요. 바로 그게 중요한 점이에요.
우리가 내린 결정에 마음이 편안하다고 느껴야
한다는 거죠. 우리는 인간이지 로봇이 아니잖아요."
"그러니까 율리아가 어떤 결정을 내리는지는 상관이
없다, 이성과 마음이 조화를 이루는 게 중요하다,
이거군요."
난 그녀에게 들은 내용을 다시 확인하며 말했다.
"바로 그거예요!"
그녀는 고개를 끄덕이며 말했다.
"올바른 방법은 하나만 있는 것이 아니라 다양한
형태가 있어요. 율리아에게 행복을 주는 열쇠는 단
한 가지, 자신이 진정으로 원하는 일을 한다는
것뿐이에요. 그녀가 결정을 내릴 때마다 내면의
나침반을 따라야 한다는 것이죠."
나는 심호흡을 깊이 하며 신선한 공기가 폐로 부드럽게
들어가는 걸 느꼈다. 처음엔 거부감이 들었던 노부인과의
대화가 이젠 꽤나 흥미롭다는 것을 인정해야 했다.
그래도 이 정도면 됐다. 기운이 다 빠진 나는 피곤해진

눈을 비볐다.

"어때요? 아직도 인생의 첫 번째 질문을 알고 싶은가요?"

노부인이 물었다.

그녀는 내가 이제 설득의 필요성을 더 이상 못 느낀다는 걸 알아차린 것 같았다.

"네." 나는 고개를 끄덕이며 대답했다.

"그 질문은 이미 당신 스스로 찾았는걸요." 그녀의 갈색 눈이 장난스럽게 반짝거리며 말했다.

나는 당혹감에 휩싸였다. "무슨 말씀이시죠?"

"율리아를 위한 해결책을 찾을 때 이미 그 답을 알아냈어요."

노부인이 나에게 뭘 말하려는 건지 도무지 알 길이 없었다.

"그 질문이 뭔데요?" 조급해진 내가 물었다.

나는 수수께끼 같은 게임에 말려들고 싶지 않았다.

"자, 이제 궁금증을 풀어줄게요."

그녀가 웃으며 말했다.

"인생의 첫 번째 질문은 이거예요. '이게 정말 내가 원하는 것인가?'"

'뭐라고? 그 얘기를 하려고 그렇게 길게 밑밥을 깐 거야?' 나는 실망스러워 속으로 중얼거렸다.

"이제 이 질문을 어떻게 사용하는지 방법을 알려줄게요."

그녀가 말했다.

'사용하는 방법'이라니. 이건 또 무슨 황당무계한 말이지?

그 질문이란 게, 약상자에 들어 있는 복용 설명서를 반드시 읽어야 하는 약이라도 된단 말인가?

"지금부터 살면서 중요한 상황을 맞닥뜨릴 때마다 자신에게 물어보세요. '이게 정말 내가 원하는 것인가?' 라고요. 당신 내면의 나침반이 노No라고 하면 다른 대안을 찾아야 해요.

마음이 편안해지는 대안을 찾아야죠. 분명하게 예스YES라고 말할 수 있는 걸로요. 정말 간단하죠."

갑자기 노부인이 일어났다.

"오늘 대화 즐거웠어요."

그녀는 마지막으로 따뜻한 미소를 지었다.

어느새 해 위치가 많이 바뀌어서 이제 노부인의 얼굴에 부드러운 분홍색 빛이 드리워졌다. 그녀는 한 번도

뒤돌아보지 않고 작은 오솔길을 따라 걷다가
몇 초 후 내 시야에서 사라졌다.

내면의 나침반

숲에서 노부인을 만나고 온 그날 저녁, 나는
그녀와 나눈 대화에 대한 생각을 머릿속에서
멀리 밀어냈다. 그 모든 것이 어딘가 모르게
터무니없다는 생각이 들어서였다. 다음 날 오후
휴대전화가 울려서 전화를 받을 때까지도 그랬다.
어린이집 후원회장인 안야의 전화였다.
"토요일에 바자회가 있는데 케이크가 필요해서
전화드렸어요. 혹시 그날 케이크를 구워올 수
있겠어요?" 그녀가 물었다.
언제나 그렇듯이 나는 그렇게 하겠다고 했다.
그런데 전화를 끊자마자 갑자기 공허하고 무기력한

기분이 들었다. 진한 에스프레소를 내려 식탁 의자에
앉았다. 15개월 아들이 노란색 레고 블록을 맛있다는 듯
핥고 있었다. 거실 바닥에 앉아 공주 성을 만드는데
몰입 중인 다섯 살 터울의 누나 몰래 블록 하나를 슬쩍
가져왔나 보다.

"나에게 무슨 문제가 있는 걸까?" 자문해봤다.
"왜 이렇게 우울하지? 케이크 하나 굽는 게 뭐라고,
왜 그런 사소한 일에 그렇게 화가 나는 걸까?"
그때 문득 노부인과의 대화가 떠올랐다. 나는 눈을
감고 "이게 정말 내가 원하는 것인가?"라고 스스로에게
물었다. 아무 느낌도 없었다. 다시 시도했다. 인생의
네 가지 질문 중 첫 번째 질문을 스스로에게 던지면서
배 속 깊이 복식 호흡을 했다. 서랍 어딘가 잡동사니
밑에 묻혀 있던 심신 안정 CD에서 추천했던 방식대로
해봤다. 몇 번 해보니 뭔가 느낌이 왔다. 아주 낮은
소리로 소심하게 '노No'라는 소리가 들렸다.
요즘 회사에서 스트레스도 심하고 금요일엔 분명
야근을 해야 한다. 그 때문에 금요일 오후에
베이비시터도 오기로 했다. 금요일에 야근을 끝내고
집에 오면 부엌에 많은 일들이 나를 기다리고 있을

것이다. 그 많은 일을 끝내고 나서 케이크까지 굽는다고?
생각만 해도 기분이 지하실보다 더 아래로 곤두박질친다.
내가 아는 친구나 지인 대부분의 여성들과는 달리
나는 케이크 만드는 걸 좋아하지 않는다.
나는 장보기와 요리도 싫어해서 내 아이들이 학교와
어린이집에서 급식으로 끼니를 해결하고 오는 걸
정말 다행이라고 생각하는 사람이다. 내가 아이들
식사를 저녁에만 준비해주면 되니까. 이웃에 사는
에바는 케이크 굽는 일이 스트레스 해소에 얼마나
좋은지 요가할 때랑 느낌이 비슷하다고 얘기한 적이
있다. 반면 나는 케이크를 만들 때마다 매번 무언가
잘못되기 때문에 그때마다 신경 쇠약에 걸릴
지경이었다.
그런데도 나는 대체 왜 '예스YES'라고 말한 걸까?
내 머리에서 이성적인 관점으로 봤을 때 저녁에
케이크 굽는 일 정도는 별것 아니라고 생각했던 걸까?
아니다. 나는 안야를 실망시키고 싶지 않았던 것이다.
그리고 다른 어머니들한테도 회피하는 사람으로
인식되긴 싫었던 것이다.
다시 눈을 감고 스스로에게 물었다. "내가 정말

케이크를 만들 생각이 있는 걸까?"

이번에는 '노'라는 말이 더 크고 선명하게 들려왔다. 케이크 굽기보다 소파에 앉아 발을 올려놓고 휴식을 취하거나, 아니면 그동안 못 잤던 잠을 그날만이라도 충분히 자고 싶다는 생각이 간절했다.

아무래도 케이크를 준비하기 힘들겠다고 안야에게 말하려고 전화기를 들었다가 다시 내려놨다. 뭔가 찜찜한 느낌이 들어서였다.

이 방법도 내키지 않았다. 다시 눈을 감고 내 안의 목소리에 귀를 기울였다. 그러다 갑자기 기막힌 해답이 나왔다. 케이크를 사면 된다. 우리가 자주 가는 베이커리에서 말이다. 거기 가면 레몬 케이크, 여러 가지 토핑이 있는 케이크, 크레이프 케이크 등 다양한 종류가 있다. 그중 하나를 선택해서 바자회에 기부하면 된다. 그러면 후원회는 어린이집에 절실히 필요했던 큰 차양을 위한 돈을 확보할 수 있고 나는 금요일 저녁에 푹 쉴 수 있으니 완벽하다.

"엄마, 이것 좀 도와줄 수 있어요?" 큰아이가 물었다. 아이는 레고 성 앞에서 핑크색 둥근 탑이 있는 성문이 기울어지자 그걸 세우려고 안간힘을 쓰고 있었다.

"잠시만 기다려, 금방 갈게."
그러곤 커피 잔을 식기 세척기에 넣으려 부엌으로
들어갔다.

토요일 아침엔 케이크를 사서 바자회에 가져가는
것으로 결정했다. 그러다 불현듯 더 좋은 아이디어가
떠올랐다. 내가 갈 게 아니라 남편 마르틴에게
케이크를 사서 아이들을 데려가달라고 부탁하면
어떨까? 바자회가 열리는 곳 바로 옆에 큰 놀이터가
있으니, 남편이 아이들과 같이 놀아주면 드디어 내가
늦게까지 푹 잘 수 있는 기회가 생긴다. 생각만 해도

기분 좋은 상상에 내 입꼬리가 올라가는 걸 느꼈다.
일요일에는 남편한테 보답하면 된다. 내가 아이들을
돌보고 마르틴은 본인이 자고 싶을 때까지 실컷 자면
되는 것이다.

"자, 엄마 이제 됐어. 갈게."

나는 큰아이가 있는 레고 더미 한가운데에 기분 좋게
앉았다. 공허함과 무력감이 신기하게도 공중분해되었다.
이틀 뒤 끔찍한 두통을 느끼며 잠에서 깼다. 뜨거운
물에 샤워를 해봤고 진한 커피도 마셔봤지만
소용없었다. 속이 메슥거리고 아침 햇살이 눈을 콕콕
찌르는 것 같았다. 편두통이다. 왜 하필 오늘이란
말인가! 나는 약을 먹고 작은아이에게 옷을 입혔다.
대장장이가 내 머리를 모루::망치질할 때 받치는 쇳덩이에
대고 망치로 두드리는 것 같았다.

마르틴은 욕실에 들어와 이를 닦았다. 아이 옷을 다
입힌 후 나는 바닥에 주저앉아 욕조에 기대 눈을
감았다. 내가 정말로 회사를 가야 할까? 통증이
극심하고 극도로 피곤한데도? 불과 며칠 전까지만
해도 자신에게 절대로 이런 질문을 던질 생각조차
하지 못했을 것이다. 게다가 오늘은 최고위 이사 3인

앞에서 아주 중요한 프레젠테이션을 해야 한다.

이번에는 내 내면의 나침반이 아주 분명하게 작동했다.

내 직감은 이렇게 말하고 있었다. '아니, 오늘은 출근하지 않을 거야'라고.

내 머리는 이렇게 말했다. '당연히 출근해야지. 몇 주 동안 이 프레젠테이션을 준비하느라 미친 사람처럼 일했잖아. 만약 오늘 출근 안 하고 집에 있으면 네 경력에 자살 행위가 될 거야.'

"오늘 집에 있을래. 출근 못 하겠어." 나는 여전히 눈을 감은 채 말했다.

"농담이겠지?" 마르틴은 믿을 수 없다는 표정으로 나를 쳐다보았다. "내가 알기론 당신 오늘 매우 중요한 회의가 있다고 했던 것 같은데."

"맞아. 그런데 편두통이 심해. 리하르트에게 전화해서 내 대신 프레젠테이션을 해달라고 부탁하려고."

"그럼 아이들은?"

"아이들은 당신이 좀 데려가줘."

"그럼 지각할 텐데!"

"마르틴, 난 이미 수백 번도 더 지각했어. 둘 중 한 명이 아파서 급하게 돌봐줄 사람을 구하느라, 아니면 집에 있어야 해서. 당신 사장님도 충분히 이해하실 거야.
우리 사장님도 물론 그래야 하고."
나는 마르틴의 뺨에 입맞춤하고 침실로 가 블라인드를
내렸다.
다음 날 아침이 되어 일어났을 때 얼마나 상쾌하고
활기찬 느낌이 들었는지 모른다. 아주 오랫동안
느껴보지 못했던 기분이었다. 그 전날 오후까지 잠을
자고 일어나 진한 커피 한 잔을 내린 다음 이마에
아이스 팩을 올려놨었다. 집안일은 그대로 놔두고
아이들은 친구 집에 보냈다. 저녁에 마르틴이 내 일과를
넘겨받아 처리했고 저녁 식사를 침대로 가져다줬다.
출근길에 속에서 좀 불편한 느낌이 들었다. 전날 출근을
하지 않고 내 몸에서 요구하는 소리에 귀를 기울인 게
정말 올바른 것이었는지 확신이 들지 않았다. 지금까지
그렇게 중요한 회의가 있는 날 결근한 적은 한 번도
없었다.
복도에 들어서자마자 상사와 마주쳤다.
"내 방으로 좀 와요."
그가 아침 인사를 한 뒤 이렇게 말하곤 먼저 자기
사무실로 들어갔다.

'젠장.' 난 속으로 욕을 뇌까렸다.

벌써 무릎에 힘이 풀리는 게 느껴졌다.

"앉아요."

그는 책상 맞은편에 있는 검은색 가죽 의자를
가리키더니, 걱정스러운 눈초리로 나를 바라봤다.

"몸은 좀 어때요? 이제 괜찮아졌어요? 우리 어머니도
편두통이 있었어요. 어머니도 얼마나 아파하시는지
며칠간 침실을 어둡게 해놓고 꼼짝 않고 누워계시곤
했죠."

난 깜짝 놀랐다. 상사가 다정하고 예의 바른 사람이긴
했지만 그래도 이런 반응은 전혀 예상하지 못했다.

"걱정해주셔서 고맙습니다. 오늘은 다행히 편두통에
좋다는 약을 구해서 복용했어요. 이 약을 먹으면
대개는 하루 안에 진정시켜준다고 하더라고요."

나는 대답했다.

그는 고개를 끄덕이더니 헛기침을 하고는 일어나서
악수를 청했다.

"어제 이사회에서 중요한 사항에 전부 승인했어요.
프레젠테이션 준비하느라 수고 많았습니다."

하루 종일 붕 떠 있는 기분이었다. 그 어느 때보다도

효과적으로 일에 집중했다. 푹 자고 일어나서인지
의욕이 넘쳤다.

그 후 며칠 동안은 결정을 내릴 때마다 인생의 첫 번째
질문과 내면의 나침반의 도움을 받는 상황이 계속되었다.
내 안에서 들리는 내 목소리에 귀 기울일수록 답은
더 빠르고 분명하게 나왔다. 노부인을 다시 만나고
싶은 마음이 점점 커졌다.

배낭과 방패

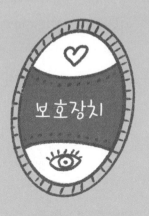

보호장치

설렘으로 심장이 두근두근했다. 재빠른 내 발걸음 아래로 낙엽이 바스락거리고 깜짝 놀란 새 몇 마리가 여기저기로 푸드덕 날갯짓하며 날아갔다.

노부인을 다시 만날 수 있을까?

태양은 시뻘겋게 불타는 공처럼 지평선 위에 걸쳐 있어 당장이라도 떨어질 것 같은 기세였다.

저녁 식사를 끝내자마자 내가 재킷을 입고 외출하겠다고 하니 마르틴은 깜짝 놀랐다.

"머리를 식히고 싶어서 산책 좀 하고 와야겠어."

나는 중얼거리며 마르틴하고 아이들에게 입맞춤했다.

"내가 올 때까지 기다리지 말고 아이들 좀 재워줘."

현관문 앞에서 마르틴에게 큰 소리로 외치고 문을
닫았다.

왜 남편에게 모든 걸 말하지 않았는지는 모르겠다.
왠지 일단은 내가 먼저 해결하고 정리하는 게 좋겠다는
생각이 들었다.

길모퉁이를 돌자 공터가 나타났다. 오래전 내가 어린
소녀였을 때 뭔가 마음속에서 말하는 것 같은 생각이
들 때면, 자전거를 타고 여기저기 가보곤 했다.

이 공터를 발견하기 전까지는 그렇게 헤매고 다녔다.
이곳을 발견한 뒤부터 이 공터는 나의 비밀 피난처였다.
그 당시 나는 내 머리 위에서 바스락거리는 소리가
나무들이 비밀스러운 마법의 언어로 말하는 것이라고
굳게 믿고 있었다. 나는 오래된 떡갈나무 아래 앉아
눈을 감고 나뭇잎이 속삭이는 소리를 들었다.

나무가 하는 말을 해독하는 데 성공한 적은 없지만
그러고 나면 굉장한 위안을 받곤 했다.

이제 공터는 따뜻한 붉은빛에 흠뻑 물들어 있었다.
지난번보다 눈에 띄게 선선해진 바람이 지금이
가을이란 걸 다시 상기시켜주었다. 작은 다람쥐 한
마리가 내 앞에서 몇 미터 떨어진 풀밭을 휙 지나가며

거대한 떡갈나무로 올라갔다. 떡갈나무 아래 벤치에
노부인이 앉아 있었다. 나는 안도의 한숨을 쉬었다.
오늘 그녀는 머리를 묶지 않고 늘어뜨린 상태였다.
굵은 곱슬머리가 갸름한 얼굴을 에워싸고 있었는데,
마치 내 헤어스타일을 보는 듯했다.

"오셨군요." 그녀는 마치 내가 오길 기다리고 있었다는
듯 말했다. "그동안 어땠어요?"

나는 노부인 옆에 앉으며 대답했다. "놀랄 만큼 좋았어요."

"어머, 얼른 말해봐요!"

인생의 첫 번째 질문과 내 내면의 나침반으로 어떻게
결정을 내렸는지 그동안의 이야기를 보고하자
노부인은 동의한다는 얼굴로 연신 고개를 끄덕였다.

"지금은 기분이 어때요?" 궁금해서 물어보는 그녀의
오른쪽 눈썹이 치켜 올라갔다.

난 적확한 단어를 찾으려고 잠깐 숨 고르기를 했다.
"더 자유로워졌달까, 타인의 의지대로 하는 게
줄어들었고……."

"그래요?"

"다시 에너지가 넘쳐나요."

"잘됐어요." 노부인은 다 알고 있었다는 듯 미소 지었다.

나는 바닥에 있던 둥근 자갈을 집어 들고 말을 이어갔다.

"지금 기분이 더 좋아진 이유가 뭘까 하고 많이
생각해봤어요. 케이크를 만들고 싶은 생각이
없었음에도 안야에게 예스라고 말하고 나서 곧바로
공허해지고 무기력해졌었거든요."

"그럼 어떤 결론을 내렸는데요?"

"음…… 그러니까."

나는 말을 꺼냈다가 곧바로 멈칫했다.

내가 정말 이걸 다 이야기해야 하나? 좀 바보 같은 짓
아닐까? 나는 얼른 저울질을 했다. 그러다 몸을 숙여
바닥에서 작은 돌멩이 한 개를 집어 들고 말을 이었다.

"이런 생각이 들었어요, 사실은 노라고 생각하지만
그러면서도 매번 예스라고 말할 때 이런 자갈에
비유하면 어떨까 하고요."

나는 자갈을 번쩍 들었다.

"그렇게 말할 때마다 우린 여기 이런 자갈을 자신의
배낭에 집어넣고 등에 짊어지는 거죠. 초반엔 자갈이
있는지 잘 못 느껴요. 그런데 몇 년이 지나고 우리가
자신을 부인하고 욕구를 무시하는 일이 계속 반복되면
가방이 점점 더 무거워지겠죠. 그러다 어느 순간 너무

무거워서 들지 못하게 되는 거예요. 가방 안에 돌이 너무 많이 들어 있으니까요. 안야한테 케이크를 굽겠다고 말하고 나서 내 짐이 너무 무겁다는 느낌이 들었어요. 그러다 케이크를 베이커리에서 사겠다는 아이디어가 떠오르자 짐을 잠깐 내려놓은 것 같더라고요. 내 안에 있는 내면의 나침반 소리에 귀를 기울이면 기울일수록 짐은 점점 더 가벼워지는 것 같아요."

"와, 대단해요!" 노부인은 감동받은 듯 손뼉을 쳤다.

"고마워요."

나는 쑥스러워서 발끝으로 시선을 돌렸다.

평상시 나는 절대 철학적인 사람이 아니다. 그런데 어제 아침 샤워하면서 갑자기 그런 그림이 머릿속에 그려졌다.

나는 잠깐 침묵 후에 말을 이었다.

"또 생각나는 게 있는데……."

"뭔데요?"

"나 자신한테 질문해봤어요. 실제로는 노라고 생각하면서 지금까지 살아오면서 왜 그렇게 자주 예스라고 말했는가 하고요. 그런 결정이 항상 객관적으로 올바르게 느껴졌던 것도 아니거든요. 거기엔 또 다른 게 있더라고요……."

"어떤 거죠?"

노부인은 호기심 어린 눈으로 나를 바라봤다.

"안야가 케이크를 구워달라고 부탁했을 때 양심에서 계속 무슨 말을 한다고 해야 할까……."

"뭐라고 말했는데요?"

"'정신 차려. 다른 사람들은 그깟 케이크 왼손으로도 만들어. 그러니 대단한 거나 하는 것처럼 잘난 척하지 마!' 그냥 끊임없이 제 안에서 소리가 들렸어요. '게으르면 안 돼. 최대한 노력 해야 해. 더 잘할 수 있잖아…….'"

"무슨 말인지 잘 알아요." 노부인은 충분히 이해한다는 듯 고개를 끄덕였다. "그런데 그때 당신에게 말하는 건 양심의 소리가 아니에요."

"아니라고요?" 나는 당혹스러웠다. "그럼 뭐죠?"

"이렇게 생각해봐요. 우리 안엔 두 개의 다른 상대가 있어요. 먼저 내면의 나침반이 있죠. 이건 우리 마음 안쪽에서 나오는 목소리로 우리를 이끌고 우리한테 좋은 것이 무엇인지 알고 있죠. 또 다른 하나는 내면의 감독인데 우리가 살면서 수천 번도 더 들었던, 그래서 마치 그것이 어느새 진리인 양 인지되는 그런

문장들이에요. 부모나 교사, 이웃, 때론 친구들까지도 우리한테 했던 말들이죠. 예를 들면 '넌 왜 그렇게 느려터졌니?', '어쩜 그렇게 노력을 안 하니!', '항상 날 그렇게 화나게 만들어야겠어?', '계속 그렇게 버릇없이 굴면 널 사랑하지 않을 거야!' 등 이런 말들이 우리 마음 깊은 곳에서 상처를 주는 거예요. 그래서 우린 계속해서 자신에게 말하죠. '난 더 빨리해야 해!', '모든 걸 완벽하게 해야 해!', '사랑받으려면 얌전히 말을 잘 들어야 해!' 이런 고정관념이 우리 안에 깊게 닻으로 고정되어 있어요. 때론 이런 말들이 내면의 나침반 소리보다 더 커지는 거죠."

"그러니까 이런 말들은 나 자신의 말이 아니라, 어렸을 때부터 각인시켜주었던 사람들의 말이라는 거네요." 노인은 고개를 끄덕이며 말했다. "맞아요. 바로 그거죠."

"그런데 마음속 내면의 나침반을 따라 자신이 진정으로 원하는 것만 한다면 그건 정말 이기적인 거잖아요."

노부인이 자리에서 일어났다.

"우리 잠깐 같이 걷는 게 어떨까요? 걷다 보면 생각이 잘 정리되기도 하거든요."

"좋아요."

우린 숲 안쪽으로 이어지는 작은 길을 따라 걸었다.

"왜 케이크를 사기로 결정했죠? 당신이 항상 가장 편한 길만 선택하니까 그랬나요?"

"아니에요, 당연히 아니죠."

"그럼 왜 그랬어요?"

"온통 일에 대한 생각 때문에 내가 지금 어디에 있는지도 몰랐으니까요. 그냥 모든 것이 너무 벅차니까 거기에 또 다른 책임을 떠맡아서는 안 된다고 느꼈어요. 그리고 일단 케이크를 굽는 걸 좋아하지 않기 때문에……."

"그게 이기적이라고 생각해요?"

"그건 아니죠."

"그럼 어떻게 생각해요?"

나는 망설였다. "글쎄요, 합리적이다?"

"내면의 나침반이 노라고 말한 이유가 뭐라고
생각해요? 나침반이 그렇게 유도하면서 어떤 결과를
초래하려고 했을까요?"

곰곰이 생각해봤지만 아무런 답도 떠오르지 않았다.

"모르겠어요."

노부인은 걸음을 멈추고 주위를 둘러보았는데, 뭔가를
찾는 눈치였다. 그러다 길 가장자리로 가서 몸을
구부리더니 커다란 직사각형 모양의 나무껍질을
주워 들고 가슴에 대고 양손으로 잡았다.

"내면의 나침반을 보호 장비나 방패라고 생각해봐요.
나침반은 우리가 스스로를 돌보고 우리 한계를 넘지
않게 해주는 보호 장치 같은 거예요."

"음."

나는 이 말의 의미를 가늠해보려고 말없이 몇 걸음을
걸었다. 붉은 저녁노을 빛이 어느새 진청색으로
바뀌었다. 하늘엔 첫 번째 별이 반짝였다.

노부인은 약간 거리를 두고 나를 따라왔다.

나는 몇 분 뒤 말을 꺼냈다. "이제 친구 자비네와의 문제를 좀 더 확실히 알 것 같아요."

"어떤 문제를요?" 그녀의 밝은 갈색 눈이 호기심 어린 눈으로 나를 바라보았다.

"자비네와 다음 주에 함께 여행을 가기로 했어요. 그런데 약속 날짜가 다가올수록 여행을 원치 않는다는 생각이 내 안에서 점점 더 분명해지더라고요."

"아." 그녀는 깜짝 놀란 표정으로 오른쪽 눈썹을 치켜 올렸다. "친구와 여행을 떠난다는 건 정말 좋은 일인데, 그게 아니라고 생각하는 요인이 뭘까요?"

"자비네와는 대학생 때 친해졌어요. 그땐 우리 둘 다 미혼이었고 둘이 굉장히 재미있게 잘 지냈어요. 그런데 그 이후에 너무 많은 것들이 변했어요."

"정확하게 어떤 것들이죠?"

"내 삶이 너무 힘들어졌어요."

그녀는 다시 한쪽 눈썹을 치켜올렸다.

"일상이 너무 빡빡해요. 한 가지 일을 끝내면 또 다른 일이 끊임없이 이어져 그걸 제때에 해내려고 자신을 혹사시키는 일의 반복이에요. 집에서도 회사에서도

똑같아요. 자신을 위한 시간이 거의 없어요. 온전히
자신으로 돌아가는 시간, 자신이 필요로 하는 게 뭔지
생각해볼 수 있는 그런 시간 말이에요."

그녀는 걸음을 멈추고 나를 응시했다.

"그럼 주말에 친구와 여행을 가는 것이야말로 기분
전환하기 가장 좋은 방법 아닐까요?"

"바로 그게 지금까지 내가 전혀 이해하지 못했던
부분이에요. 하지만 지금은 내면의 나침반이 나를
보호하려 한다는 생각이 들어요."

"뭘 보호한다는 거죠?"

"자비네와 만나는 걸 막아주는 거죠. 자비네를 만나는
게 이제 더 이상 기분 좋은 일이 아니거든요."

"친구와의 만남이 앞으로 어떻게 진행될까요?"

"자비네는 미혼이고 가족도 없어요. 전처럼 술집을
찾아 돌아다니고 싶어 해요. 우리가 전엔 그러고
다녔거든요. 이른 아침까지 술 마시고, 춤추고,
남자들하고 시시덕거리고."

"그럼 본인은 뭘 하고 싶어요?"

"그냥 휴식을 취하거나 자고 싶은 것 말고는 아무것도
끌리는 게 없어요. 하고 싶은 건 웰니스 :: 신체적, 정신적,
사회적 건강이 조화를 이루는 이상적인 상태, 행복하고 건강한
삶이 좋아요. 같이 맛있는 것도 먹고, 수다도 좀 떨고
제때 잠드는 거죠. 그런데 이런 생각을 슬쩍 비치면
자비네는 곧바로 기분 나빠 해요. 안 그래도 자비네는
내가 너무 지루하고 답답하다며 투덜대거든요. 같이
와인을 마시지 않는다고 화를 내면서요."

"힘들겠어요."

"맞아요."

갑자기 분노가 치밀어 오르는 느낌이 들었다.

"그리고 자비네는 자기 얘기만 해요. 가끔 그녀가
내 삶에 대해 아무것도 모른다는 생각이 들어요."

"돌아오는 주말이 어떤 식으로든 당신한테 힘이
되나요?"

"아뇨, 정반대예요. 이제 와 생각해보면, 만남 이후에
내 배터리가 완전히 충전되려면 분명히 며칠은 걸릴
거예요."

"그렇군요. 그럼 자비네란 친구는 진짜 '관계 흡혈귀'
로군요."

"뭐, 뭐라고 하셨어요?"

노부인은 걸음을 멈추고 다시 주위를 둘러본 뒤 막대기
몇 개를 집어 들었다.

"두 사람의 우정이 고대 저울이라고 상상해봐요.
정의의 여신 아스트라이어가 손에 들고 있는 그런 저울
말이에요. 저울은 어떤 모습이어야 할까요?"

그녀가 막대기를 내게 건넸다.

"이걸 어떻게 하라고요?" 나는 놀라서 물었다.

"저울을 만들어보세요."

나는 잠시 생각한 다음 쪼그리고 앉아 바닥에 흙이
있는 곳에 긴 막대기를 세로로 꽂았다. 그 위에 또 다른
막대기를 수평으로 얹어놓았다. 막대기의 좌우 끝에는
짧은 막대기가 아래를 향해 뻗어 있었다.

그중 하나가 조금 더 길었다. 같은 길이가 되도록
긴 나뭇가지를 조금 잘라냈다. 그런 뒤 바닥에서

잎사귀 두 장을 집어 들었다. 잎사귀를 양쪽 짧은
막대에 놓아 저울받침을 만들었다. 여기까지 해놓고
일어나 노부인을 바라보았다.

"이상적인 우정이란 이런 모습이어야 한다고
생각해요."
나는 막대기 저울을 가리키며 말했다.
"확실히 저울받침은 분명 수시로 위아래로 흔들리겠죠.
때론 이쪽 사람이, 때론 다른 쪽 사람이 더 많은 무게를
가하게 될 테니까요. 그렇다고 해도 전반적으로 저울은
가능한 한 균형을 이루어야 해요."

"그게 자비네와 당신의 경우인가요?"

"아니요, 자비네는 내 안에 있는 힘을 다 빼앗아가요. 아까 관계 흡혈귀라 하신 게 이런 걸 두고 하신 말씀인가요?"

"오늘 산책으로 당신은 한 단계 더 발전했을 거예요."

그녀는 나를 보며 찡긋 윙크를 하더니 돌아섰다.

"이제 돌아갑시다."

나는 그녀를 따라갔다. 흐릿한 초승달이 보내는 희미한 빛이 전부라 숲 바닥의 윤곽이 눈앞에서 점점 더 많이 사라졌다.

"당신 생각과 느낌을 친구 자비네와 아주 솔직하게 얘기해보면 어떻게 될 것 같아요?"

"아마도 우리 관계를 끊어버리자고 할 거예요."

나는 지체하지 않고 대답했다.

"그럼, 그게 굉장히 큰 손실일까요?"

나는 최근 마지막 몇 차례 자비네와 만났던 시간이 얼마나 힘들었는지 생각해봤다. 자비네는 자신에 대한 얘기, 자기 사는 얘기만 늘어놓았기 때문에 그녀와 만나는 시간은 끝없는 모놀로그일 뿐이었다. 더불어 내가 너무 바쁘고 연락조차 안 한다는 비난까지.

그녀는 내가 '따분하기 그지없는 엄마'가 되었다고
빈정댔다. 그녀와 만나지 않으면 내가 그녀를 그리워할까?
"아니요."
말해놓고 나도 놀랐다.
"그럼 어떤 일이 일어날까요?"
"무슨 말씀이신지……?"
"글쎄요, 자비네가 당신을 이해할 가능성도 있지
않을까요?"
나는 다시 곰곰이 생각한 후 말했다. "흠, 가능성이
아주 희박하긴 하지만 자비네가 어쩌면 내 얘기를
귀담아듣고 내 관점에서 이해하려고 시도해볼 순
있겠죠. 그리고 우리 우정 전선이 위태롭다는 걸
알아채면 어쩌면 그녀가 뭔가 바뀔 준비를 할 수도
있겠고요."
나는 노부인의 얼굴에 미소가 번지는 걸 봤다.
나는 도무지 이해가 안 됐다. 대체 왜 난 이 모든 걸
더 일찍 스스로 알아내지 못했을까? 인생의 첫 번째
질문이 없었다면 내가 자비네와 주말 여행을 원하지
않는다는 사실도 깨닫지 못했을 것이다.
우리는 말없이 계속 걸었다. 어느새 길이 너무

어두워서 한 발 한 발 조심스레 내디디며 걸어야 했다. 노부인은 캄캄해도 별로 문제가 안 되는 것 같았다. 그녀는 고양이처럼 유연하게 앞서 걸었다.

"자비네와의 문제는 이제 분명해졌어요." 잠시 후 내가 입을 열었다. "그리고 결과가 어떻든 상관없이 그녀에게 솔직하게 얘기하면 그걸로 됐다고 생각해요."

"그런데요?"

"물론 그렇게 분명하지만은 않은 상황이 여러 가지 있겠죠. 나중에 혹시라도 후회할지 모르는 결정을 내릴까 봐 두렵긴 해요."

"무슨 말인지 알아요."

노부인이 공감하며 말을 이었다.

"나도 그런 경험이 꽤 많았어요. 그래도 다행스러운 건 인생은 일방통행이 아니라는 거예요. 결정을 내렸는데 마음이 편하지 않으면 바꿀 수도 있으니까요. 우리에겐 재조정할 기회가 언제든 있어요."

"케이크 같은 경우는 당신 말이 맞아요. 새로운 해법을 찾는 게 쉬웠으니까요. 그런데 세상에는 되돌리기 힘든 결정도 있지요."

"어떤 경우가 그렇죠?"

나는 잠시 생각에 빠졌다.

"어떤 여자가 파트너와 헤어지고 몇 주 뒤에 그게 자신의 실수였다는 걸 깨닫고 그와의 관계를 되돌리고 싶어 한다고 가정해보자고요. 그런데 상대 남자가 더 이상 관계를 회복할 생각이 없어서 재결합이 안 돼요."

"좋아요, 무슨 말인지 알겠어요." 노부인이 고개를 끄덕이며 말했다. "원래 상태로 되돌릴 수 없는 경우도 종종 있지요. 그래도 내면의 나침반의 도움을 받으면 우리에겐 마음이 편안한 또 다른 해법을 찾을 기회가 얼마든지 있어요."

"그럼 그 여자가 파트너를 되찾고 싶은데 남자는 이미 새로운 사랑을 찾았다면 구체적으로 어떤 해법이 있을까요?"

"당신 생각은 어때요? 여자가 왜 헤어졌을까요?"

"음." 나는 중얼거리며 하늘을 바라봤다. 어느새 별이 꽤 많아졌다. "그녀가 더 이상 행복하지 않았으니까? 예를 들어, 파트너가 그녀에게 관심을 보이지 않았기 때문이라고 하죠. 아마도 그녀는 예전처럼 그가 자신을 좀 더 봐주길 기대했겠지요. 자신의 존재가 가치 있다는 느낌 말이에요. 그의 사랑을 느끼고 싶었을 테죠."

"그런데 두 사람이 다시 결합하면 그녀가 파트너의
사랑을 받으리라고 말할 수 있을까요?"

반론은 나쁘지 않았지만, 그래도 빨리 포기하고 싶지는
않았다.

"좋아요, 그녀도 자신이 실수했다는 것을 알고 있다고
가정해봐요. 그리고 그녀는 두 사람이 다시 행복해질
수 있다고 확신하죠. 그렇다면 그녀가 내렸던
헤어지자는 결정은 결국 잘못된 것이죠."

"왜요?"

"돌이킬 수 없으니까요."

"그래요, 그녀는 더 이상 열리지 않을 문을 본인 뒤에서
쾅 닫아버렸어요. 하지만 그게 정말 실수였다고
생각하나요?
그녀의 파트너가 새로운 사람을 그렇게 빨리 찾았다면,
그건 그들이 함께하기 힘든 사이라는 걸 말해주는
신호가 아닐까요?"

이 부분에서도 나는 반박할 수 없었다.

"어떻게 하면 그녀가 다시 행복해질 수 있을까요?"

"새 파트너를 만나야죠."

그녀는 고개를 끄덕였다. "그것도 하나의 방법이
되겠네요."

"그런데요."

나는 다시 반론을 제기했다.

"그녀가 헤어지자고 했던 그 남자가 알고 보니 그녀의
위대한 사랑이라면요? 그래서 그녀가 그와 함께할
때만 행복하다면요?"

"그녀가 그렇게 생각한다면, 그녀가 자신의 내면의
나침반에 다가가는 길을 잃어버렸다는 신호 아닐까요?
이런 일은 많은 사람들이 커다란 근심이 있을 때
일어나기도 해요. 그래서 내면의 나침반을 다시
찾으려면 굉장히 오래 걸리기도 하죠. 그래도 자신의
내면의 나침반을 느끼는 사람이라면, 그 사람은 행복이
(아무리 커다란 손실을 보는 일이 있더라도) 다른
사람에게 달려 있는 것이 아니라는 걸 느껴요. 우린
행복을 우리 안에서만 찾을 수 있기 때문이에요."

나는 이 말에 동의할 수 있을까? 글쎄, 잘 모르겠다는
생각이 들었다. 난 남편 마르틴 없이 행복할 수도 있을
것 같았다. 하지만 내 아이들 없이는 절대로 행복할 수
없을 것 같았다. 나는 생각에 잠긴 채 노부인과 나란히

걸었다.

얼마 후 그녀가 말을 꺼냈다.

"늦었네요."

생각에 잠겨 있는 나는 화들짝 정신을 차렸다.

생각에 너무 몰두했던 터라 공터에 다다른 줄도
몰랐다.

"아쉽지만 이제 가야겠어요." 갑자기 그녀가 돌아서며
말했다.

"잠시만요, 기다려주세요!"

나는 다급하게 말했다.

"나머지 질문도 말씀해주시면 안 될까요?"

"한 번에 한 가지씩만 얘기할 수 있어요." 그녀는 이미
내게서 멀어지며 말했다.

"왜요?"

"그렇게 하지 않으면 효과가 제대로 나타나지
않거든요."

'또 이상한 표현을 하시네.' 나는 속으로 생각했다.

"그럼 오늘은 한 가지는 말해주서도 되겠네요, 그렇죠?"

나는 노부인을 향해 물었다.

"네, 좋아요." 그녀는 내 쪽을 향해 뒤돌며 말했다.

그녀는 희미한 달빛 아래 서 있었는데 형체만 알아볼
수 있었다.

"두 번째 질문은 '이게 정말 그렇게 중요한가?'예요."

그녀는 이 말이 끝나자 다시 돌아섰다.

몇 초 후 어둠은 그녀의 가녀린 몸을 완전히 삼켜버렸다.

감정이 수학을 만나다

숨을 헐떡이며 빗속을 뚫고 달리는 내 오른팔엔
운동 가방이, 왼쪽 팔엔 요가 매트가 들려 있었다.
유리문을 열고 들어갈 때까지 그 상태는 계속됐다.
목에서 망치질하듯 맥박이 뛰었다. 빠른 속도로 뛰어가
모퉁이를 돌았다. 그 순간 발걸음이 멎었다. 평소에
항상 열려 있던 회색 문이 잠겨 있었던 것이다.
"설마, 말도 안 돼. 내가 잘못 본 건 아니겠지?"
나는 혼이 빠져 멍하니 시계를 봤다. 내가 시간을 잘못
알고 있었나?
몇 주 전부터 나는 기필코 필라테스를 다시 해야겠다는
생각으로 온 신경을 그러모았다. 그런데 처음부터

조짐이 좋지 않았다. 일단 그날 너무 늦게 집에서 나왔다. 작은아이가 울면서 내 다리에 매달리는 바람에 일찍 나올 수 없었다.

그 순간 필라테스 수업을 빠질까 하고 잠시 고민했다. 그런데 이제 진짜 내 몸을 움직여줘야 했기에 그날은 감정보다 이성이 승리했다. 급한 마음에 가속 페달을 지나치게 밟았고 이를 놓칠세라 과속 단속 카메라가 번쩍 하고 불을 비췄다.

스포츠센터 주차장 앞에서 몇 바퀴를 돌고 나서야 발견한 주차 자리는 너무 좁아서 내가 가진 모든 운전 기술을 다 동원해야 했다. 겨우 비집고 들어가 주차를 한 뒤 미친 사람처럼 스포츠센터 건물을 향해 뛰어갔다. 그 결과가 이랬다.

닫힌 문을 향해 크게 소리라도 지르고 싶은 마음이 굴뚝같았다. 소리치는 대신 그냥 쪼그리고 앉아 가방을 바닥에 내려놓고 전화기를 꺼냈다. 그러다 문자 메시지를 봤다.

'미안해요, 회원 여러분! 다음 주엔 필라테스 수업이 없습니다.' 필라테스 강사 카린이 전에 그룹 메시지에 쓴 내용이었다. '강좌 마지막 주에 보강 수업을 진행할

예정입니다.'

불현듯 메시지를 받았던 때가 떠올랐다.

그날 놀이터에서 아이들과 모래로 피자를 만들고

있었다. 큰아이가 그때 풀을 얹은 마르게리타피자를

건네주려 할 때 휴대전화에서 신호음이 울렸다.

메시지를 대충 훑어본 후 난 곧바로 내용을 잊어버렸다.

"젠장!" 욕이 나왔다.

'이게 정말 그렇게 중요한가?'

갑자기 노부인의 목소리가 내 머리에 울려 퍼졌다.

그때 노부인과 숲에서 대화를 나눈 후에도 나는 계속

첫 번째 질문과 연관 지어 새로운 깨달음을 얻는 데

몰두해 있느라 두 번째 질문에 대해 깊이 생각할

시간을 전혀 갖지 못했었다.

지금이 노부인이 말한 그 질문을 '사용'해야 하는

순간 중 하나인가?

나는 바닥에 털퍼덕 앉아 팔로 무릎을 감싸고 깊게

심호흡을 했다. 내 심장은 여전히 미친 듯이 뛰고

있었다.

그런 다음 눈을 감고 자신에게 물었다.

"이게 정말 그렇게 중요한가?"

2주 정도 지났을까, 나는 다시 공터를 찾았다. 내 시선은
구름 낀 하늘에 V자 윤곽을 그리며 큰소리로 끼룩끼룩
우는 기러기를 따라갔다. 밤새 내린 비로 벤치가 젖어
있어서 앉지 않았다. 시계를 봤다. 늦어도 30분 안에는
가야 했다. 베이비시터 자라가 시험공부를 해야 해서
교대해줘야 한다. 노부인을 다시 만나고 싶다는 생각이
간절했는데 아무리 둘러봐도 보이는 사람은 아무도
없었다. 오늘 공터에 가면 그녀도 여기에 있을 것이라는
어딘지 모를 믿음이 내 안에 있었는데.
'정말 순진한 생각이었군.'
나는 현실 파악을 하고 집으로 가려고 방향을 돌렸다.
그때 갑자기 큰 나무 아래 덤불이 움직이는 소리가
들리더니 잠시 후 형형색색 물들어 있는 가을 나무들
사이에서 그녀가 모습을 드러냈다.
깃털처럼 가벼운 발걸음으로 그녀가 다가왔다.
백발 머리만 아니었다면 멀리서 볼 때 소녀로

감정이 수학을 만나다

착각했을 정도로 그녀는 빠르고 활기차게 걸어오고
있었다.

"여기 계셨네요. 반가워요!" 그녀가 반갑게 외치며
손을 흔들었다.
넓은 벨트가 달린 베이지색 트렌치코트 아래로 딱 붙는
검은색 바지 차림이었다. 처음 만났을 때처럼 그녀는
머리를 뒤로 넘겼다.
"오늘 안 오실까 봐 걱정했어요." 나도 손을 흔들며
외쳤다.
"그래요?" 그녀가 내 앞에 걸음을 멈추며 물었다.
내 얘기에 조금 놀란 듯했지만 기뻐했다.

"네, 그랬어요." 나는 그녀를 보며 싱긋 웃었다.

"우리가 나눈 대화가 얼마나 좋았는지 깨달았거든요."

"기분 좋아지는 얘기인걸요." 그녀는 내 미소에

답했다.

"그러니 지금 당장 다음에 만날 약속을 하고 싶어요."

나는 그녀가 오늘 인생의 세 번째 질문을 해주기를

기대하면서, 그리고 우리의 다음 만남을 다시는 우연에

맡기지 않기를 바라며 물었다.

"괜찮을까요?"

노부인은 바닥을 내려다보며 내 요청에 심사숙고하는

것 같았다. 그러다 그녀가 고개를 들었다.

"있잖아요……." 그녀는 따스한 갈색 눈으로

나를 바라보며 말했다. "난 여기 공터에 굉장히 자주

와요. 시간이 맞으면 우린 언제든 만날 수 있으니……."

나는 침을 꿀꺽 삼켰다. 전혀 예기치 못한 반응이었다.

그녀는 내가 실망했다는 걸 감지했는지 격려해주려는

어조로 제안했다.

"어때요, 우리 좀 걸을까요? 오늘 공기가 굉장히

상쾌해요."

나는 고개를 끄덕였다.

감정이 수학을 만나다

그녀는 앞서 걸어갔다. 이번에는 지난번에 같이 걸었던 좁은 길 대신 오늘 그녀가 걸어왔던, 사람들이 숲을 지나면서 저절로 생긴 길을 선택했다. 내가 어렸을 때 자주 걷던 길이었다. 이 길이 오래된 과수원으로 이어진다는 게 기억이 났다. 어린 시절의 나는 고목에 올라가 나무 꼭대기에서 구름을 바라보는 걸 얼마나 좋아했던가. 특히 과즙이 풍부한 자두와 신맛이 나는 보스콥 사과가 익어가는 가을날에는 과일을 마음껏 먹을 수 있어 더 좋아했던 곳이다.

'언제 물어볼까?'

아직은 거리를 두고 그녀를 따라가는 중에 머릿속에 이 질문이 떠올랐다.

숲속 길을 따라가며 덤불과 나무, 가시나무 생울타리가 점점 무성해져서 작은 터널이 만들어졌다. 모든 것이 인간의 손길이 닿지 않은 자연 그대로의 모습이라 마법에 걸린 것처럼 동화 속에 있는 느낌이 들었다. 어느 순간 나는 더 이상 견딜 수 없어 말이 튀어나왔다.

"두 번째 질문에 대해 생각해봤는데 적용하기 어려웠어요."

노부인은 걸음을 멈추고 의아한 눈으로 나를 바라봤다.

"그래서 내가 직접 그 이론을 더 발전시켰어요."
나는 뿌듯함을 숨기지 못한 표정으로 덧붙였다.
그 순간 나도 어느새 노부인처럼 특이한 화법을
구사하고 있다는 생각이 들어 저절로 미소가 나왔다.
"아, 그래요?"
노부인은 관심을 보이며 눈을 동그랗게 떴다.
"남편 마르틴이 어떤 회사에서 불합격 통보를 받고
나서 아이디어가 떠올랐어요."
"불합격 통보라뇨?"
"마르틴은 중소기업 회사에 근무하고 있는데 이직하고
싶어서 다른 회사에 지원했거든요."
"왜요?"
"지금 다니는 회사에서는 승진 기회가 없어서요."
"회사에서 직급이 뭔가요?"
"마르틴은 직원이 여섯 명 있는 작은 팀의 팀장이에요.
가까운 미래에 회사 내 좋은 자리가 나올 가능성이
희박하고 변동이 생길 확률도 낮아요. 그러다 몇 달 전
남편은 아주 매력적인 일자리를 찾아냈어요.
자신이 상상해왔던 기대와 정확히 일치하는 자리였죠.
마르틴은 지원서를 냈고 면접도 세 차례 치렀어요.

결국 남편하고 다른 한 명만 남았죠. 그런데 지난주 초에 최종 합격자 명단에 남편 이름이 들어가지 않았다는 통보를 받았어요."

"남편에겐 쉽지 않은 일이었겠네요."

"네, 남편은 바닥까지 무너졌고 저도 그랬어요. 우린 합격되길 정말 간절히 바랐거든요."

"그다음엔 어떻게 됐나요?"

"그때 인생의 두 번째 질문으로 자문해봤어요. '이게 정말 그렇게 중요한가?'라고요. 하지만 어떤 답도 찾을 수 없었어요."

"왜 그랬을까요?"

"측정 기준이 없었으니까요."

나는 이번에도 내가 만들어낸 표현이 기특해서 또 미소가 나왔다.

"수학 용어 같군요." 노부인이 놀라며 대답했다.

"예스이기도 하면서 노이기도 해요." 나는 씩 웃었다.

"아주 궁금하게 만드네요."

"측정 기준이 필요했어요. 감정 수치를 재야겠더라고요. 감정 영역에 1에서 100까지의 숫자가 적힌 수직선이 있다고 상상해보세요. 맨 아래는 1, 중간은 50, 상단은

100이에요. 1은 '중요하지 않음'을, 100은 '매우 중요함'을 나타내요. 여기까지는 수학이죠. 그런데 이제부터는 감정이 작용합니다. 어떤 감정이 '중요하지 않음'인 1인지, 어떤 감정이 '매우 중요'인 100인지 생각해봤어요. 예를 들어 아이들이 밥을 먹다 실수로 음식을 흘려서 옷에 온통 얼룩이 생겼다면 그렇게 심각한 상황은 아니라고 봐요. 옷에 묻은 얼룩은 흥분할 정도로 짜증 나는 일은 아니니까 감정 지수로 산출하면 1이라 하겠죠. 무슨 뜻인지 이해하시죠?"

"당연하죠." 노부인은 고개를 끄덕였다.

"그다음엔 상상할 수 있는 최악의 상황이 무엇인지 생각해봤어요. 분명한 건 아이들이나 남편이 회복할 수 없는 심각한 질병을 앓고 있는 상황이겠죠. 그렇다면 재앙 수준이니 감정 지수 100이 될 테죠."

난 계속 설명하며 눈까지 내려온 머리카락을 쓸어 올렸다.

"다시 한번 자문해봤어요. '마르틴이 그 회사에 취업하지 못한 게 얼마나 중요한가? 옷에 묻은 얼룩이 1이고 가족이 불치병을 앓고 있는 게 100이라면 취업 실패는 어느 정도일까?' 하고요. 그러다 갑자기 답이

감정이 수학을 만나다

나왔어요."

노부인은 궁금한 표정으로 눈썹을 치켜올렸다.

"60이에요, 굳이 점수를 주자면요."

"어떻게 60이란 수치에 다다랐죠?"

"처음엔 감정 지수를 정확하게 설명할 수 없는
느낌이었어요. 그러다 점점 더 많이 생각할수록,
그 숫자가 상대성에서 나왔다는 게 분명해졌어요."

"흥미롭군요!"

노부인은 트렌치코트 맨 위 단추를 잠갔다.

나도 춥다는 느낌이 들어 재킷 지퍼를 끝까지 올렸다.

"마르틴하고 내가 그동안 일차원적인 생각에
머물렀다는 사실이 점점 더 분명하게 다가왔어요.
지난 몇 년 동안 우린 마르틴이 현 직장의 고용
체제에서는 절대 괜찮은 경력을 쌓을 수 없다는
사실에만 시선이 고정되어 있었거든요. 그러니 새 회사
취업에 불합격했다는 사실이 감정 지수 100처럼
느껴졌죠."

"그럼 지금은요?"

"인생의 두 번째 질문을 스스로에게 물으니, 이 소식이
절대 재앙이 아니라는 것을 이해했어요. 현재 마르틴이

다니는 회사도 승진 가능성이 없다는 것만 빼면
긍정적인 면도 아주 많이 있거든요."
"어떤 점이 있나요?"
"남편이 일하는 업무는 아주 흥미로운 분야이고 같이
일하는 동료들도 모두 좋은 사람들인 데다 유능하죠.
그리고 출퇴근 거리도 짧고요. 게다가 연봉도 높아서
우리 가족이 재정적으로 안정되었다는 점도 있고요.
물론 상사 한 분과 가끔 삐걱거리긴 하지만 그건 새
직장으로 옮긴다 해도 충분히 일어날 수 있는 일이죠.
이런저런 생각을 모두 감안해서 무게를 재보니,
취업 실패가 기껏해야 60이라는 걸 깨달았어요."
노부인은 충분히 이해한다는 표정으로 고개를
끄덕이더니 말없이 계속 걸었다.

지난밤 내린 비로 인해 바닥 흙이 질퍽해졌고 걸어갈수록 점점 더 심해졌다. 검은색 가죽으로 된 앵클부츠 안으로도 서서히 습기가 들어오는 게 느껴질 정도였다.

'다음번엔 좀 더 튼튼한 신발을 신고 와야겠다'고 생각했다. 노부인은 질퍽한 땅에도 끄떡없어 보였다. 그녀는 끈으로 단단히 고정된 등산화 같은 신발을 신고 있었다.

"저기……." 그녀는 걸음을 잠깐 멈췄다. "순간 옛날 속담이 생각났어요. 좀 전에 얘기해준 이런 상황에 딱 맞는 말이요."

"그래요?" 궁금해진 나는 시린 손을 재킷 주머니에 넣으며 물었다.

"우리는 우리가 가지고 있는 것에 대해선 거의 생각하지 않고 부족한 것만 생각하는 경우가 종종 있어요."

아무 말 없이 우리는 계속 걸었고 나는 그녀가 한 말을 생각해봤다. 바로 그게 핵심이었다. 그동안 사소한 일들 때문에 짜증을 낸 적이 얼마나 많았던가. 그 순간 큰 그림으로 전체적인 것을 전혀 보지 못한 채 말이다.

나는 나름대로 행복하게 결혼 생활을 하고 있고, 좋은 집에서 살고 있으며 남편과 나 둘 다 연봉이 높은 직장에 다닌다. 우리 둘 다 좋아하는 일을 하고 있고 건강하고 예쁜 아이들도 있지 않은가. 그런데 대체 뭘 더 바라는 건가?

그런데도 전혀 중요하지 않은 일에 큰 의미를 부여하고 그 때문에 화를 내며 대참사라도 난 것처럼 생각했던 날들이 얼마나 많았던가. 마트 계산대에서 줄을 서서 기다리며 줄이 줄어들지 않는다고, 가족끼리 소풍을 계획했던 날에 비가 온다고, 필라테스 수업이 취소되었다고 짜증 내지 않았던가. 그런 일에 얼마나 많은 감정적 에너지를 소모했는지, 그리고 그런 일로 내 인생을 얼마나 어렵게 만들었는지 생각해보면 미쳤다고밖에 할 수 없다.

"당신 말이 맞아요."

나는 대화의 실마리를 다시 이어갔다. "우리 둘 다 온통 이직하려는 회사가 주는 것에만 관심을 기울였어요. 그러니 취업에 실패했다는 사실에만 꽂혀 있었죠."

"남편도 이제 당신하고 비슷한 생각인가요?"

나는 비장의 무기로 마르틴의 생각이 바뀌게 만들었다.

감정이 수학을 만나다

"시간이 지나면서 마르틴도 이제 그렇게 됐어요."

마르틴은 그날 저녁 채용이 안 됐다는 사실에 좌절했고 위축되었다. 그런 일이 있을 땐 누군가가 개입하기보다 일단 혼자만의 시간이 필요하다는 걸 알았기에 일단은 마르틴을 가만히 내버려뒀다. 다음 날 저녁 아이들을 일찍 재우고 마르틴에게 소파에 앉아 와인 한 잔 마시며 기분 전환할 생각이 있는지 물었다. 저녁이면 내가 거의 매일 바쁘고 주중에는 술을 마시지 않는다는 걸 알기에 마르틴은 깜짝 놀란 반응을 보였지만 그래도 내 말에 동의했다.

두 번째 잔을 마신 후 난 마르틴에게 아주 차분하게 그동안 새로 깨닫게 된 생각을 말했다. 그래도 노부인과 만났다는 이야기는 하지 않았다. 어딘지 모르게 남편에게 모든 이야기를 하는 건 조심스러웠다. 남편이 노부인을 정신 나간 사람으로 생각해서 내 얘기를 전부 우스갯소리로 여길까 봐 걱정이 되어서 그랬는지도 모른다. 내 얘기를 듣고 처음에 마르틴은 회의적이었지만, 그 또한 차츰 같은 상황도 다르게 받아들일 수 있다는 사실을 이해하게 되었다.

"남편이 계속 좋은 자리를 찾아보긴 하되, 그래도 이직
전까지는 지금 다니고 있는 회사의 좋은 점에
집중하자고 했어요."

"잘했네요!"

노부인의 얼굴에 미소가 번져 눈가에 셀 수 없이 많은
웃음 주름이 드러났다.

어느새 가느다란 이슬비가 내 얼굴을 적셨다. 시내에
있었다면 항상 핸드백에 넣어 가지고 다니는 우산을
즉시 꺼냈을 것이다. 하지만 여기 숲속에서 노부인
옆에 있으니 그런 행동은 어딘지 모르게 어리석다는
생각이 들었다. 그래서 얼굴에 비를 맞게 내버려두었는데
피부에 닿는 물방울 감촉이 얼마나 상쾌한지 스스로도

깜짝 놀랐다.

"교통 체증에 갇혀 있을 때도 측정 기준이 정말 도움이 되었어요." 내가 말했다.

"교통 체증에요?"

"네, 몇 년 동안 매일 아침 출근길 체증 때문에 짜증이 나서 사무실에 도착할 때는 완전히 기운이 다 빠진 상태였거든요."

"출근길 교통 체증에 감정 지수는 얼마나 줄래요?"

"며칠 전까지만 해도 80이라 느꼈어요."

"그다음 뭐가 바뀌었나요?"

"내 사고방식이요. 이젠 다른 시각으로 보려고 노력 중이에요. 난 따뜻하고 뽀송한 차에 앉아 있고 힘들게 몸을 쓰지 않아도 목적지에 도착할 수 있죠. 비바람이 부는 날 오래 걸어야 하거나 버스를 여러 번 갈아타는 것에 비하면 차에 앉아 가는 건 럭셔리한 거니까요."

"아, 그렇군요." 노부인이 웃었다. "그 이후에 교통 체증은 어떤 느낌인가요?"

"굳이 점수를 주자면 20 정도요. 물론 예나 지금이나 교통 체증으로 매일 내 소중한 시간 30분을 빼앗긴다는 건 어이없는 일이라고 생각해요. 하지만 그래도 전보다는 화가 덜 나요."

노부인은 장난스럽게 윙크했다. "난 이 '럭셔리 운행'이
1에서 5까지 될 가능성도 있다고 봐요."

"차를 타고 가는 시간을 즐거운 일로 만들어야 한다는
의미인가요?"

"맞아요, 바로 그거예요!" 노부인은 고개를 끄덕였다.
우리는 계속 걸었고 나는 그녀의 말을 곰곰이
생각해봤다. 길이 넓어지면서 눈앞에 과수원이
펼쳐졌다. 사과나무에 붉은 사과가 가득 열려서
그 무게를 이기지 못한 가지가 심하게 구부러져 있었다.

"아하!" 내 입에서 갑자기 큰 소리가 나왔다.

"책이 있었네!"

"뭐라고요?"

노부인은 약간 당황한 표정으로 내 얼굴을 응시했다.

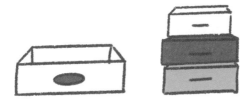

"지난 몇 년 동안 읽고 싶었는데 시간이 안 돼 못 읽은 책이 너무 많거든요. 이 책들을 오디오북으로 사서 매일 아침 출근길에 편안히 들으면 되겠어요. 아니면 미뤄뒀던 스페인어 공부를 해도 되고요."

작은아이가 태어난 뒤로 스페인어 CD는 손대지 않은 채 책상 서랍에 그대로 쌓여 있었고 나의 투두리스트

:: 앞으로 자신이 해야 할 일들을 작성한 리스트에서 그다음

투두리스트로 매번 연기되었다.

"시도만으로도 가치 있는 일이 될 거예요."

노부인은 만족스럽게 웃으며 말했다.

곧이어 그녀는 물기를 머금은 새빨간 사과를 한 개 따서 맛있게 한입 베어 물었다.

나는 시계를 보고 화들짝 놀랐다.

'젠장!'

속에서 욕이 나왔다. 10분이나 늦었다.

"죄송하지만, 지금 바로 가야 해요." 나는 초조하게 말했다. "세 번째 질문을 빨리 말씀해주시면 안 될까요?"

"미안하지만 그건 안 돼요."

노부인은 아쉬운 표정으로 대답하고 다시 사과를

한입 깨물었다.

"왜 안 되나요?"

"왜냐하면 당신 스스로 그 질문에 직면해야 하기
때문이에요."

'으, 말도 안 돼. 이건 또 뭐지?' 난 마음속으로
자문했다.

"어떻게 해야 알 수 있어요?" 나는 큰 소리로 물었다.
어느새 이슬비처럼 내리던 빗방울은 굵은 실처럼 변해
머리 위로 후드득 떨어져 내렸다. 하지만 노부인은
조금도 개의치 않는 것 같았다.

"아주 쉬워요. 그냥 일상에서 그다음에 눈에 띄는 것에
주의를 기울여봐요. 그러면 자연스럽게 질문을 발견할
수 있을 거예요." 그녀가 대답했다.

"정말 그렇게 생각하세요?" 나는 믿을 수 없어서
되물었다.

"그럼요, 분명해요." 그녀의 입꼬리가 위로 올라갔다.
'자신을 믿어봐요!'라고 말하는 것 같았다.

"알겠어요." 나는 대답했다.

내 옷이 점점 더 축축해지는 느낌이 들었다.

"해볼게요."

그렇게 말하곤 나는 물에 빠진 생쥐처럼 머리가 흠뻑 젖은 채 내 안에 커다란 물음표를 안고 차를 향해 달려갔다.

ARTE
LITERATURE

단조로운 일상에 몰입의 즐거움을 선사하는
아르테 문학 라인

ARTE
ORIGINAL

ARTE
MYSTERY

TOLKIEN's
LITERATURE

arte

노멀 피플

샐리 루니 지음 | 김희용 옮김

"너는 나를 사랑해주었지.
그리고 마침내 평범하게 만들어주었어."

영국 BBC 드라마 방영!
〈뉴욕타임스〉·〈타임스〉 올해의 책, 전 세계 100만 부 판매!
밀레니얼 세대의 사랑과 불안을 담아낸 화제의 소설

아름다운 세상이여, 그대는 어디에

샐리 루니 지음 | 김희용 옮김

"당신은 나에 대해 다 아는데,
나는 당신에 대해 아무것도 몰라."

〈뉴욕타임스〉·〈선데이타임스〉 베스트셀러 1위!
부커상 후보에 오른 1991년생 천재 작가의 최신 화제작
망가진 세상에서 어른이 되어 버린 그들이 선택한 사랑

우리 가족은 모두 살인자다

벤저민 스티븐스 지음 | 이수이 옮김

우리 가족에게도 공통점이 하나 있다.
바로 가족 모두 누군가를 죽인 적이 있다는 것!

HBO TV 드라마 제작 확정 전 세계 24개국 번역 출간!
기발하고 재미있는 메타 살인 미스터리

호수 속의 여인

로라 립먼 지음 | 박유진 옮김

착실한 여자조차 사랑에 빠지면 실수를 범한다.
그렇다고 죽어 마땅한 것은 아니다.

나탈리 포트만 주연 애플TV 오리지널 드라마화!
에드거상, 앤서니상, 매커비티상 등 세계 유수의 문학상 석권
〈뉴욕타임스〉 베스트셀러 작가 로라 립먼의 최신 화제작

※ 본 도서는 서점에서 구입할 수 있습니다.

가끔 너를 생각해

후지 마루 지음 | 김수지 옮김

"안녕, 나의 마녀. 날 잊지 마.
반드시 네 곁에 돌아올 테니까."

어릴 적 친구인 소타를 만나 사람들을 돕기 시작한
이 시대의 마지막 남은 마녀 시즈쿠의 이야기.
『너는 기억 못하겠지만』 작가의 마법 같은 감성 미스터리

너는 기억 못하겠지만

후지 마루 지음 | 김은모 옮김

"우리가 처음 만난 게 맞을까?
너를 알 것 같은 기분이 들어."

출간 즉시 20만 부 판매 돌파한 기묘한 감성 미스터리!
죽은 사람을 저세상으로 인도하는 사신 아르바이트생 이야기
당신에게도 잊을 수 없는 사람이 있나요?

리얼 라이즈

T. M. 로건 지음 | 이수영 옮김

"거짓말을 잘하려면 기억력이 좋아야 돼."
진실은 없다. 진짜 거짓만 있을 뿐.

아마존 선정 '세상을 놀라게 할 심리스릴러' 1위
200만 부 판매, 22개국 번역 작가 T. M. 로건의 대표작!

29초

T. M. 로건 지음 | 천화영 옮김

하나의 번호, 한 번의 통화,
인생을 완전히 바꿔놓을 29초!

킨들, iBooks, 《뉴욕타임스》 베스트셀러 No.1 작가의 화제작
넷플릭스 실사 영화 《원피스》 제작진 리미티드 TV 드라마화 확정!

20세기 판타지 문학의 걸작『반지의 제왕』, 새롭게 태어나다!

국내 최초 60주년판 완역 전면 개정

반지의 제왕 + 호빗

THE LORD OF THE RINGS   THE HOBBIT

김보원 · 김번 · 이미애 옮김 | 양장 | 도서 4권 + 가이드북 + 박스 세트 구성

★★★ 전 세계 1억 부 판매 신화! ★★★
★★★ 아마존 독자 선정 세기 최고의 도서! ★★★
★★★〈해리 포터〉,〈리그 오브 레전드〉세계관의 원류! ★★★

가운데땅 역사상 가장 스펙터클한 원정이 시작된다!

가운데땅의 전 시대를 관통하는 톨킨 세계관의 정수

실마릴리온 + 끝나지 않은 이야기

THE SILMARILLION   UNFINISHED TALES

크리스토퍼 톨킨 엮음 | 김보원 · 박현묵 옮김 | 양장 | 도서 2권 + 박스 세트 구성

★★★ 현대 판타지 세계관의 원류 ★★★

가운데땅의 모든 시대를 관통하는 풍성하고 깊이 있는 신화!

※ 본 도서는 서점에서 구입할 수 있습니다.

잘못된 것투성이

이것
&
저것

다음 날 아침 나는 옷장 앞에 멍하니 서서 어떤
옷을 입어야 하나 고민하고 있었다. 선택의 여지가
충분하지 않아서가 아니었다. 정반대였다. 색상별로
분류되어 옷걸이에 가지런히 걸려 있는 수많은
블라우스와 바지, 셔츠가 내 앞에 넓게 펼쳐져 있었다.
갑자기 나는 뱃속이 간질간질하는 것처럼 불편한
느낌이 들었다.

여전히 속옷 차림을 한 채 나는 아이들 옷장으로
달려갔다. 그곳에도 똑같은 장면이 있었다. 옷장에는
아이들 바지와 티셔츠, 보디 슈트가 쌓여 있었고
그중엔 아직 한 번도 입지 않은 것도 있었다. 그동안

아이들 키가 자랐기에 이런 옷들은 앞으로도 계속해서
손도 대지 않은 채로 옷장 안에 잠들어 있을 게 분명했다.
게다가 큰아이는 자신의 물건을 직접 고르고 싶어 하고
타협의 여지 없이 늘 같은 것만 집어 들기 때문에 옷장
안의 내용물 90퍼센트는 거들떠보지도 않고
내버려두었다.

실제로 필요하지도 않은 옷이 왜 그렇게 많은지
자문해봤다. 그러자 곧바로 다시 뱃속에서 간질간질한
느낌이 들었고 이번엔 더 강해졌다.

'이게 정말 그렇게 간단한가?' 이 질문이 내 머리를
스쳤다.

'인생의 세 번째 질문을 내가 진짜 찾은 건가?
그렇다면 질문은 정확히 무엇일까?'

시계를 흘끗 보니 서둘러야 했다. 나는 옷장 문을 닫고
오늘 오후에 인생의 세 번째 질문과 계속 씨름을
해보기로 마음먹었다.

몇 시간 후 적절한 순간이 왔다. 작은아이를 유모차에
태워 울퉁불퉁한 자갈길을 왔다 갔다 했더니 아이는
곧바로 잠이 들었다. 큰아이는 친구 집에서 놀고 있었다.

나는 전자레인지 위쪽에 있는 작은 수납장 문을
열었다. 그곳에 도마가 무려 일곱 개나 쌓여 있었다.
두꺼운 직사각형 나무도마 두 개와 얇은 직사각형
나무도마 한 개, 크기가 다른 정사각형 유리도마가 두 개,
같은 크기의 얇은 플라스틱 도마가 두 개였다. 사실
플라스틱 도마 두 개만 주로 사용했다. 다른 도마들은
몇 년 동안 손도 대지 않았다. 다음 수납장도 다르지
않았다. 코팅된 냄비와 코팅되지 않은 냄비 모두 아홉 개,
스테이크 팬 한 개, 한 번도 사용한 적이 없는 크레이프
전용 팬, 그리고 이밖에 다른 프라이팬이 네 개가
있었다. 내가 주로 사용하는 프라이팬은 두 개이고
나머지는 전혀 사용하지 않았다.

어떤 수납장, 어떤 서랍을 열어도 물건으로 가득
차 있었다. 물건이 쌓여 있어서 어떤 건 제대로 꺼낼
수조차 없었다. 혹시 더 필요할 수도 있다는 목적으로
사둔 물건은 초과 상태였다. 캔 따개가 세 개, 마늘
압축기가 두 개, 디저트 포크가 30개. 또, 또, 또…….
세상에, 우리 집에 왜 이렇게 물건이 많이 있지?
그중 우리에게 정말 필요한 것은 뭐지?
부엌에서 나와 거실 수납장을 살펴보았다. 더 이상
아무도 듣지 않는 엄청난 양의 CD와 이케아에서 쇼핑
할 때마다 싸다고 집어온 수많은 미니 양초와 냅킨.
유리 장식장 안에는 할머니에게 물려받은 먼지투성이
찻잔이, 그 옆에는 인테리어 전문 매장 하비타트에서
사온 샴페인 잔들이 있었다.
한 시간쯤 지나자 나는 너무 지쳐서 테라스 의자에
털썩 주저앉았다. 내가 둘러본 건 아래 층뿐인데도
그랬다. 2층이랑 다락방, 지하실은 아직 들여다보지도
않았다. 차고에는 차를 세울 수도 없을 지경이었다.
유모차와 아이들 차, 마차같이 생긴 차, 손수레,
세발자전거, 아이 자전거, 어른용 자전거 여러 대, 잔디
깎는 기계 두 대, 오토바이 두 대, 접을 수 있는 보트,

고무보트 등 우리가 가지고 있는지도 몰랐던 물건들이 훨씬 더 많이 있었다.

지난 몇 년 동안 집에 쌓아놓은 물건이 얼마나 많은지 믿을 수 없을 정도였다. 정원을 바라봐도 전혀 편안한 느낌이 들지 않았다. 잔디밭은 긁어모아야 할 나뭇잎으로 가득 차 있었고 잡초는 화단 전체를 지배해버렸다. 이렇게 넓은 정원을 마르틴하고 내가 얼마나 간절히 바랐던가. 우리가 주중에 너무 바쁘게 일하니 주말엔 정원 선베드에 누워 쉬고 아이들이 정원에서 뛰노는 모습을 볼 수 있는 오아시스가 되어야 한다고 생각했던 곳인데. 그런데 지금까지 몇 번이나 그렇게 했던가? 한 번도 없다고 봐도 무방할 지경이다. 오아시스는커녕 우리가 해야 할 일투성이었다.

잔디도 깎아야 하고, 울타리 손질과 잡초 뽑기, 꽃 심기, 물 주기, 해충 퇴치 등 항상 할 일이 있었고 이 모든 것을 우리 힘으로 다 할 수 없어서 정원사를 고용하기도 했었다. 그때 울음소리가 들려 내 생각도 멈췄다. 작은아이가 낮잠에서 깨어났다.

운명의 아이러니였는지, 아니면 그날 우리의 소비

행동에 너무 집중해서 더 내 눈에 띄었던 건지
모르겠지만 그날 저녁 퇴근한 마르틴의 팔에 커다란
상자가 안겨 있었다.

"좀 전에 할인 매장에 잠깐 들렀어."

그는 뿌듯한 미소를 지으며 신이 나서 말했다.

"드릴을 한 개 샀지."

"이미 드릴이 두 개나 있지 않아?" 나는 혼란스러워
하며 물었다.

그는 내 시선이 곱지 않은 걸 눈치채고 얼른 설명을
덧붙였다. "응, 맞아. 그렇긴 한데 이건 이름 있는
업체의 최신 모델이고 말도 안 되는 가격이라, 기회를
절대 놓칠 수 없었어. 우리 집 드릴 중 한 개가 고장
나면 얼른 대체할 제품이 필요하잖아."

마르틴이 집안일을 척척 해내는 타고난 재능이 있는
만능맨이라면, 어느 정도 남다른 손재주가 있는 금손
소유자라면 "이 드릴이 정말 필요한가?"라는 질문에
"으응" 하고 대답할 수도 있을 것이다. 그러나
불행하게도 마르틴은 전형적인 곰손 소유자이고
수리할 일이 있을 때마다 우리 아버지한테 전화를 걸어
도움을 요청한다. 그러면 아버지가 전문가용 드릴을

잘못된 것투성이

가져와 고쳐주신다.

"정말 재미있네." 나는 비꼬는 말투를 억누르지 못하고
말했다. "내가 오늘 하루 종일 청소와 정리 정돈을
했거든. 우리 집에 필요하지도 않은 물건이 너무
많더라고. 그런데 하필 오늘 당신이 세 번째 드릴을
집으로 가져오다니."

마르틴은 들리지 않을 정도로 뭐라고 투덜거리며 새로
산 물건을 들고 부엌문으로 사라졌다.

나는 다시 작은아이에게 갔다. 아이는 엄마가 안 보는
틈을 타 당근 이유식 병의 내용물을 흰 식탁 위에 쏟아
놓았다.

"멋진 선물이군."

나는 한숨을 내쉰 후 행주를 가지러 부엌으로 향했고
곧 다시 식탁 쪽으로 가며 혼잣말을 했다.

"당장 뭔가 변화가 있어야 해."

"세 번째 질문은 '나에게 정말 필요한 것은 무엇인가?'인 것 같아요." 나는 일주일 후 숲에서 만난 노부인에게 말했다.

우리는 떡갈나무 아래 벤치에 앉아 있었고 오후의 마지막 햇살이 내 얼굴을 따뜻하게 감싸주었다. 오늘은 다시 봄 같은 따뜻한 기운이 물씬 풍겨서 외투를 벗어 옆에 두었다. 아무리 봄날 같아도 우리 주위에 있는 나뭇가지가 이미 앙상해진 것도 좀 있었고 발아래에 있는 도토리도 꽤 많아서 계절은 의심할 여지없이 가을임을 보여주었다.

"어떻게 그런 생각을 하게 됐어요?" 호기심 어린 눈으로 묻는 노부인의 이마에 주름이 잡혔다.

"음, 실제로 전혀 필요하지 않은 물건들이 우리 집에 엄청나게 많이 있다는 걸 깨닫게 되었거든요."

"그래요?" 노부인은 나를 응시했다.

"안타깝게도 이런 깨달음이 내 삶을 긍정적으로 개선하는 데 어떤 식으로 도움이 되는지는 잘 모르겠어요."

내 시선이 발에서 몇 미터 떨어진 잎사귀 사이를 분주히 다니는 박새를 따라가는 동안 어느새 하루 종일 나를 괴롭혔던 긴장이 서서히 풀리는 느낌이 들었다. 그날 아침 6시에 알람이 울린 이후 잠시도 쉴 틈 없이 하루 종일 여기저기 뛰어다녔다.

"우리 둘이 같이 생각해보면 도움이 되지 않을까요?" 노부인이 검은색 긴 치마를 매만지며 제안했다.

"그 물건들을 왜 샀을까요?"

"그 물건들이 필요했으니까……. 아니면 적어도 그것들이 필요하다고 생각했기 때문이겠죠."

"그게 유일한 이유였나요?" 그녀가 예리하게 물었다.

"글쎄요, 때론 저렴하게 살 수 있는 기회라고 충동구매하기도 했어요."

나는 말하면서 마르틴을 떠올렸고 그가 샀던 드릴과 내가 샀던 수많은 미니 양초를 떠올렸다.

"물건을 살 때 기분이 어때요?"

나는 최근에 물건을 왕창 샀던 일을 떠올렸다. 그날

저녁 완전히 지친 상태로 저녁에 소파에 앉아 컴퓨터로 중요한 이체를 몇 건 하고 있었는데 갑자기 내가 가장 좋아하는 브랜드에서 20퍼센트 세일을 한다는 이메일이 왔다. 30분 후 나는 장바구니에 담아둔 물건에 결제 버튼을 클릭했고, 그때는 홀가분한 마음에 기분이 좋았다.

"기분이 좋아요." 나는 대답했다. "뭔가 특별히 잘해서 초콜릿을 받는 그런 느낌과 비슷해요. 보상을 받는 느낌이랄까요."

"무슨 말인지 알 것 같아요. 보상받는 건 좋은 일이죠."

"그렇죠." 나는 바닥에 떨어진 도토리를 집어 들며 말했다. "그런데 지금까지는 내가 이런 행동을 하고 있다는 사실조차 깨닫지 못했어요. 몸이 피곤하고 탈진했다고 느낄 때 그런 행동이 뭔가 큰 힘이 되었던 것 같아요." 나는 잠시 멈춘 후 덧붙였다. "힘든 일상에 대한 일종의 보상인 셈이죠."

"나도 알아요." 노부인이 씩 웃으며 말했다. "우리 집 옷장이 예전에 어땠는지 보셨더라면……."

그녀는 주머니에서 머리 끈을 꺼내 재빠르고 능숙하게 곱슬머리를 포니테일로 묶었다.

"그 큰 힘이 얼마나 지속되나요?"

곧바로 검은색 원피스가 떠올랐다. 최근 점심 시간에
쇼윈도에 있는 걸 보고 구입했는데 터무니없이 비쌌다.
처음 입었을 땐 너무 매력적이어서 굉장히 기분이
좋았지만, 세 번째인가 네 번째 입을 때부터 긍정적인
느낌이 사라져버렸다.

"별로 길지 않아요." 나는 도토리 몇 개를 더 집어
들었다. 매끄러운 감촉이 기분 좋았다. "얼마 전에 집에
와보니 우체부가 테라스에 새 옷이 담긴 택배를 두고
갔을 때 정말 짜증이 났어요. 입어보는 것도 그렇고,
안 맞으면 반품해야 하는 게 귀찮았거든요."

"항상 그랬어요?"

"모르겠어요……." 나는 잠시 말을 멈추고 생각해봤다.
생각에 잠기면서 도토리를 한 개씩 연달아 바닥에
떨어뜨렸다.

"그런 건 아니에요. 오래전 아울렛 매장에서 시크한
빨간색 겨울 코트를 구입하고 얼마나 기뻤는지 지금도
기억이 나요. 그 당시엔 대학생이었고 돈이 별로
없었거든요. 코트는 아주 좋은 거래였어요. 코트를
입을 때마다 행복했으니까요. 그해 겨울 내내 그

기분이 유지됐어요."

"지금이 그때랑 다른 게 뭔지 알아요?"

나는 고개를 저으며 말했다. "큰 힘의 효력이 요즘엔
너무 빨리 끝난다는 생각이 들어요. 마치 반감기가
점점 짧아지는 것처럼요."

이 말을 하고 나자 갑자기 뭐라 말로 표현할 수 없는 깊은 슬픔이 느껴졌다. 목에 뭔가 껄끄러운 느낌이 들었다.

"잠깐 걷고 싶어요." 나는 일어나며 말했다.

"좋아요." 노부인이 대답하며 미소를 지었다.

얼굴에 주름이 많아도 그녀의 모습이 참으로 아름다웠다. 그녀는 고전적인 의미의 미인은 아니다. 코는 넓었고 옆모습을 보면 턱이 지나치게 뾰족했다. 그럼에도 나는 히알루론산과 보톡스로 노화를 막아보려고 애쓰는 동년배의 다른 여성보다 그녀의 모습이 훨씬 더 좋았다.

나를 바라보며 궁금해하는 표정을 지을 때 이마에 드리워진 주름과 웃을 때 행복하게 춤추는 눈가의 무수한 주름이 그녀를 매우 특별하게 만들었으니까. 마치 이런 모든 것이 그녀의 삶이 충만하다는 표시 같았다.

나는 우리가 이전에 몇 번 걸었던 좁은 길을 걷자고 제안했다. 태양이 하늘을 가로질러 기울어지면서 노란 나뭇잎으로 덮인 캐노피를 황금빛으로 물들였다. 그리고 작은 낙하산처럼 땅으로 떨어지는 잎이 황금빛으로 반짝였다. 나무 꼭대기에 왕관처럼 벌어진 틈 사이로 빛이 들어왔고, 가지 위로 구름 한 점 없는 푸른 하늘이 보였다.

"이건 어떻게 생각해요?" 잠시 후 그녀가 물었다.

"로또에 당첨된 사람들이 느끼는 행복이 얼마나 오래 갈까요?"

얼마 전이었다면 나는 이 질문에 순간적으로 아무 생각 없이 '평생 동안'이라고 대답했을 것이다. 하지만 지금은 망설여졌다. 우리의 대화가 모든 것을 다른 시각으로 보여주었기 때문이다.

"글쎄요, 1년이나 2년?" 나는 머뭇거리며 되물었다.

"화끈한 큰 힘이 사라지고 부와 사치가 일상처럼 느껴질 때쯤?"

노부인은 고개를 끄덕였다. "1년까지도 못 가고, 대개는 몇 달이에요. 차고에 있는 새로 뽑은 페라리도 금방 지루해지게 마련이죠. 핀란드에 사는 사람들이 세상에서 가장 행복하다는 것이 괜히 나온 말이 아니에요."

"핀란드라고요?" 나는 놀라서 물었다. "왜 핀란드죠?"

"맞혀보세요!"

잘못된 갓투성이

"음⋯⋯." 나는 걸을 때마다 바스락거리는 낙엽이
두툼하게 깔린 땅을 내려다보며 중얼거렸다.
발밑에서 도토리나 나뭇가지가 부러지는 소리도 종종
들렸다. 풍요롭게 사는 독일 사람이나 다른 나라
사람들보다 핀란드 사람들이 더 나은 게 뭐가 있을까?
"솔직히, 잘 모르겠어요."

"별것 없어요. 아주 간단해요. 핀란드인들은 자연 속에서
많은 시간을 보내고, 사우나에서 휴식을 취하고,
친구를 만나고, 휴식과 아늑한 분위기를 소중하게
생각해요. 그게 전부예요, 더 이상 없어요."

"그렇군요. 좋은 말씀이에요." 나도 동의했다.
"하지만 설마 돈은 전혀 중요하지 않다는
말씀이신가요?"

"절대 아니죠." 그녀는 고개를 저었다. "그런 의미는
아니에요. 우리를 행복하게 만드는 것은 사치가 아니라
사회적 안정감이라고 생각해요. 경제적 기반이
탄탄하다면 사랑, 건강, 자기 결정권 등의 가치가 훨씬
더 중요하다는 거죠. 예를 들어 핀란드는 사회 제도도
잘 갖춰져 있고 취약계층을 수용해요. 그런 시스템이
바탕에 깔려 있기에 핀란드인들이 자연이나 휴식을

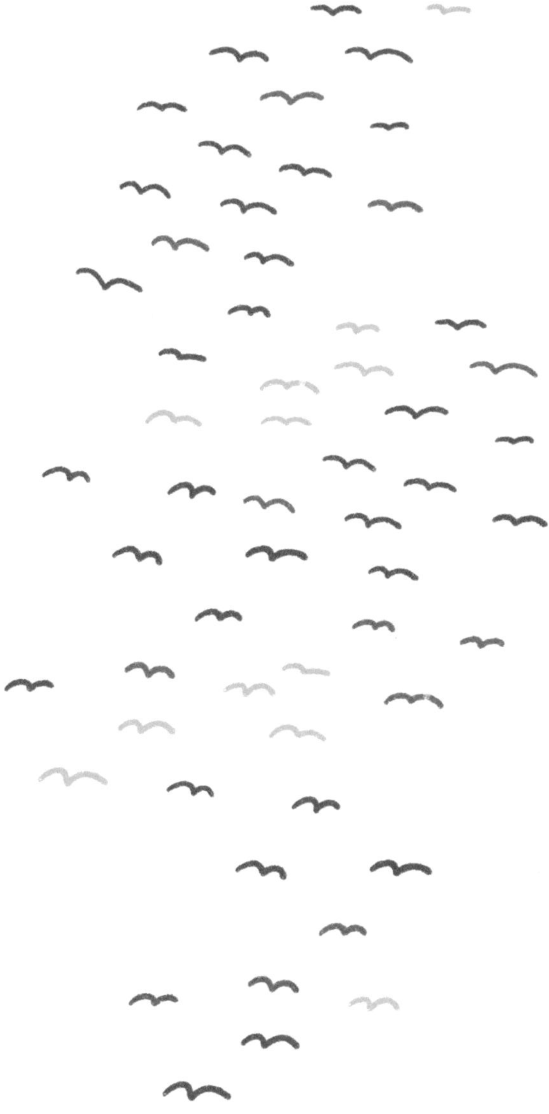

통해 만족감을 느끼는 거죠."

길이 구부러지면서 갈림길이 나오자 우리는 길이
이어지는 곳으로 걸었다. 걷기 시작하면서 나는
납덩이같이 무거운 것이 나를 짓누르며 한 걸음 한 걸음
아래로 끌어당기는 느낌이 들었다. 우리의 대화는 내
안에 있는 무언가를 불러일으켰다. 그런데 그게
무엇인지 정확히 알 수 없었다.

"있잖아요." 내가 말을 꺼냈다. "지금까지는 경제적으로
부유함이 행복을 가져온다고 믿었어요. 어렸을 때부터
정원이 있는 큰 집을 꿈꿨거든요. 돈을 많이 버는 좋은
직업과 두 아이, 멋진 자동차, 그리고 특급호텔에서
묵는 여행을 그려왔죠. 어려서부터 갖고 있어서 잘
알고 있는 그런 것들을 말이에요."

"부모님은 행복하셨나요?"

"적어도 그렇게 생각했어요. 우린 모든 걸 감당할 수
있었거든요. 그런데 지금 다시 생각해보니 아주 다른
기억들이 떠올랐어요."

"어떤 기억들이?"

"아버지가 의사였어요. 일을 아주 많이 하셨죠.
아버지 얼굴도 보기 힘들 정도였어요. 퇴근하고 집에

오시면 아버지는 허리 통증을 비롯해서 여러 가지 불편한 점들을 토로하셨죠. 우리 가족이 1년에 여러 번 좋은 곳으로 휴가를 가도 아버지는 휴가를 제대로 즐기지 못했어요. 아버지는 항상 너무 지쳐 있어서 선베드에 누워 대부분의 시간을 보냈거든요. 그런데 어린 시절의 나는 그런 부분을 전혀 파악하지 못했어요. 아버지가 성공한 것과 성취한 모든 것, 그러니까 겉모습만 보았던 거죠."

노부인은 아무 말도 하지 않았다.

"항상 아버지처럼 되고 싶었어요. 아버지는 위대한 롤모델이었어요." 나는 목이 조여오는 느낌이 들었다.

"그래서 아버지처럼 되는 데 성공했나요?"

"네." 나는 침을 꿀꺽 삼켰다. "하지만 거기엔 지불해야 하는 대가가 있다는 걸 미처 알지 못했어요."

"좀 더 구체적으로 얘기해줄래요?"

"네, 좋은 직장을 얻는 데 성공했고, 큰 집과 멋진 차도 소유하고 있고, 값비싼 휴가를 보낼 수는 있지만……."

내 목소리가 잠시 갈라져 말이 나오지 않았다.

"너무 피곤하고 번아웃된 느낌이 들어요. 이 모든 걸 온전히 즐길 수가 없는 거예요. 우리 아버지처럼요."

노부인은 공감하는 시선으로 나를 바라보았다.

"그게 다가 아니에요……." 나는 눈에 눈물이 고이는 느낌이 들었다.

'울지 마!' 나는 다짐하고 시선을 돌렸다.

저 멀리 우리가 앉았던 벤치가 보였다. 나는 입술을 꽉 깨물고 계속 걸었다. 노부인은 간격을 두고 내 뒤를 따라왔다. 벤치에 도착해 자리에 앉아 심호흡을 했다. 그녀는 내 옆에 앉아 아무 말도 하지 않았다.

나는 고개를 들어 올려다봤다. 돌풍이 나뭇가지 사이로 불어오자 잎사귀가 우수수 떨어졌다. 잎사귀가 공중에서 빙빙 돌다가 거칠게 공중제비를 하더니 부드럽게 춤을 추었는데 이보다 더 아름다울 수 없는 멋진 춤이었다. 내가 마지막으로 그렇게 나 자신을 떨어뜨린 것이 언제였는지 자문해봤다. 난 그냥 그 순간만을 살았던 것은 아닌가?

"꿈꾸던 모든 것을 이뤘는데 왜 행복하지 않은지 최근 몇 년 동안 스스로에게 자주 묻곤 했어요……."

"그 답을 찾았나요?"

"네, 서서히 깨닫기 시작했어요. 나에게 필요 없는 것은 너무 많고, 정말 중요한 것은 너무 적다는 것을요."

"당신에게 정말 필요한 것은 무엇인가요?"

그녀는 진지한 표정으로 나를 바라보았다.

"시간이요." 나는 대답하고 침을 꿀꺽 삼켰다.

"사랑하는 사람들을 위한 시간과 나를 위한 시간이요."

그녀는 내 손을 잡고 살짝 힘을 주었다.

"그 시간에 뭘 하고 싶은가요?"

"하고 싶은 게 너무 많아요." 나는 한숨을 쉬었다.

"예를 들어 아이들이 집안일보다도 우선순위에서 밀려나는 것 같아요. 어린이집과 학교에서 아이들을 데리고 오면 차에 태워 곧바로 장을 보러 가고 집에 가서 집안일을 하는 동안 아이들은 자기들끼리 놀거나 친구들과 놀아요."

그 순간 갑자기 한기가 느껴져 몸이 떨렸다.

나는 벤치에 두었던 퀼팅 재킷을 입으려고 손을 뻗었다.

"그리고 아이들과 놀아줄 때도." 나는 계속해서 말했다. "내 생각은 대부분 다른 곳에 가 있어요. 아이들과 놀아주면서도 식기 세척기에서 세척이 완료되었다고 삐 소리가 나면 그릇을 꺼내야 한다는 생각을 하거나, 회사에서 끝냈어야 했던 중요한 일들을 떠올리며 아직 다 하지 못한 업무 생각으로 가득해요."

"다른 사람들도 비슷해요." 노부인이 말했다.

"예전에는 아이들과 함께 많이 웃고 장난치는 엄마가 되고 싶다고 생각했는데, 지금은 그러기엔 항상 피곤에 지쳐 있어요……."

불현듯 며칠 전에 있었던 마음 아픈 장면이 떠올랐다. 그날 나는 하루 종일 일에 시달려 너무 피곤한 몸으로 퇴근한 뒤 소파에 앉아 있었다. 그때 아들이 간지럽혀 달라며 다가왔다.

"나중에 해 줄게, 우리 귀염둥이. 엄마가 지금은 너무 피곤해." 이렇게 말하며 아들의 금발 머리를 쓰다듬었다.

그래도 작은아이는 포기하지 않고 계속해서 떼를 썼다.

"엄마, 간지럽게 해 줘. 빨리 간지럽히는 놀이해."

그러면서 내 몸을 끌어당겼고, 결국 나는 화가 나서 아이에게 소리를 지르고 말았다. 아이는 겁에 질린 표정으로 깜짝 놀라더니 울면서 도망을 갔다.

"게다가 목소리가 너무 빨리 커지고 꾸짖는 횟수도 잦아졌어요." 나는 속상해서 시선을 떨구었다.

"그러다 나중엔 너무 미안한 마음이 들어요. 제가 잘못했다는 걸 아니까요."

노부인은 내가 무슨 말을 하는지 정확히 알고 있다는
듯 고개를 끄덕였다. "무슨 말인지 잘 알아요."
우리는 한동안 침묵을 지키며 대륙검은지빠귀가
벌레를 찾으려고 부리로 나뭇잎을 긁는 모습을
지켜보았다.
"시간을 더 내서 하고 싶은 일이 있어요?"
"네. 다시 커플로 보내는 시간이 많아졌으면 좋겠어요.
아이 아빠와 엄마로 사는 것 말고요. 예전처럼 남편과
외식도 하고 영화관이나 사우나도 가고 싶어요. 우리
부부가 바통만 넘겨주는 릴레이 계주를 하고 있다는
생각이 종종 들어요. 낮에는 각자 일에 바쁘고,
저녁이면 기진맥진 소파에 쓰러져 멍하니 TV만
보거든요."
노부인은 재차 고개를 끄덕이더니 잠시 침묵했다.
"그렇게 무리한 요구도 아닌 것 같은데……."
"어쩌면요." 나는 한숨을 쉬며 말했다.
오렌지 빛이 도는 붉은 태양이 서서히 지평선에
다가왔다. "그런 소박한 소망조차도 이루기 힘든
것처럼 느껴질 때가 많아요."
나는 일어나서 떡갈나무 주변을 걸었다. 이 떡갈나무는

이 공터에 몇 년 동안이나 서 있었을까? 나무 둘레가
너무 넓어서 내 두 팔로 완전히 감쌀 수도 없었다.
내게 정말 필요한 것은 무엇일까? 물론 하고 싶었던
것들이 있었다. 예를 들어 운동도 내가 원했던 것이다.
하지만 행복하기 위해 그런 것이 정말 필요했던 걸까?
그건 아닌 것 같다. 산악자전거를 타고 가파른
비탈길을 질주하는 걸 정말 좋아하는 마르틴과는
반대로 나에게 스포츠는 건강과 몸매를 유지하기 위한
순전히 의무적인 훈련이었기 때문이다.
나는 걸음을 멈추고 눈을 감은 후 숨을 깊게
들이마셨다. 불현듯 내 마음의 눈에 기억이 선명하게
나타났다. 한 손에는 접착제 튜브를, 다른 손엔 낡은
달걀 상자를 들고 작업대에 앉아 더 이상 쓰지 못하는
테리 직물 수건으로 악어를 만들고 있는 어린 시절의
내 모습이 보였다.
그 당시 나는 주말마다 아침 일찍 침대에서 벌떡
일어나 낡은 테니스공이나 두루마리 휴지 심지처럼
아무도 필요로 하지 않는 물건들을 가지고 최고의
피조물을 만드는 일에 얼마나 몰두했는지 모른다.
나중에는 내 안에 그림에 대한 열정도 있음을 발견했다.

"전에는 그림 그리고 만드는 걸 좋아했어요." 나는
말하고 다시 앉았다. "그리고 잠수하는 걸 좋아했고요."

"잠수요?"

"네, 잠수하는 동안은 내 주변의 모든 것을 잊을 수
있으니까요. 온전히 나 자신만 있는 거죠."

"그 시간 이외에는 그렇지 않았다는 말 같군요."

"전에는 그랬지만 요즘은……."

나는 곰곰이 생각해봤다.

내 인생에서 언제 어디서 특히 행복했었지? 그러다
문득 바로 이곳에 있을 때 행복했다는 것을 깨달았다.
어린 시절 가장 행복한 시간을 보낸 곳이 바로 이
숲이었다. 친구 리자와 프랑크, 나. 우리 셋은 나무를
기어오르며 숲에서 몇 시간씩 노느라 시간 가는 줄
몰랐다. 우리는 갱단 흉내를 내며 놀기도 했고 낡은
판자로 나무집도 지었다. 나는 지금까지 그 어디에서도
그런 자유로움과 평온함을 느낀 적이 없었다. 나중에
나이 들어서는 종종 담요와 간식, 재미있는 책을 들고
숲에 가서 쉬기도 했다. 대학생 때 다른 지방으로
이사를 가서도 항상 야외에서 많은 시간을 보냈다.
스물네 번째 생일 때 마르틴이 선물해준 그릇과

커틀러리 :: 나이프, 포크, 숟가락 등 음식을 먹는 데 사용하는
식기 세트가 들어 있는 피크닉 배낭을 들고 마르틴과
나는 한적한 야외나 넓은 공원을 자주 찾았다.

"야외, 특히 자연에 있는 걸 좋아해요. 이곳 공터도
어렸을 때부터 알던 곳이에요. 그때도 여기 자주 오곤
했어요."

"우린 공통점이 많네요." 노부인이 윙크하며 말했다.

"나도 매일매일 오랫동안 산책을 해요. 당신은요?"

"놀이터나 우리 집 정원을 걷는 정도. 느낌이 똑같지는
않죠……."

그 순간 해가 지평선 아래로 사라지는 모습을 보았다.
태양이 붉은 기가 도는 금빛 저녁 하늘을 남기고
사라졌다. 하늘엔 구름도 있었다.

"어머니는 가을 하늘이 이런 색일 때면 '하늘 좀 봐, 작은 천사들이 빵을 굽고 있어'라고 항상 말씀하시곤 했어요."

어머니에 대한 기억으로 마음이 저려왔다.

어머니를 얼마나 그리워했는지 모른다. 어머니는 아주 특별한 사람이었다. 똑똑하고 겸손하며 항상 다른 사람을 돕고 배려심이 강했다.

"좀 더 가치 있는 일을 하고 싶어요……." 한참 동안 말없이 하늘만 바라보다가 내가 말했다.

"그게 무슨 뜻이죠?" 노부인이 놀란 얼굴로 물었다.

"당신은 사랑스럽고 헌신적인 어머니이자 아내이고 친구이며 직장에서도 소중한 직원인걸요. 전부 다 잘 해내고 있어요."

"네, 그렇긴 한데……." 나는 적당한 단어를 찾을 때까지 기다렸다가 말했다. "하지만 나 자신과 개인적인 삶을 뛰어넘어 완전히 다른 분야에도 관여하고 싶어요……."

나는 한숨을 쉬었다. "모든 것을 버리고 내 손으로 직접 아프리카에 학교를 짓거나 열대우림의 나무가 잘리지 않도록 내 몸을 나무에 묶어서라도 막아보고 싶다는

생각을 가끔 해요. 이 세상에는 잘못된 방법으로 흘러
가는 일이 너무 많아요. 슬프고 화가 나는 일이죠."

"당신이 아프리카나 열대우림으로 갈 시간이 없다는
건 나도 잘 알아요. 그냥 일상생활에서 더 많이
참여하는 방법을 찾으면 어때요?"

"네, 자원봉사를 하거나 자선단체에서 일할 수 있다는
걸 알아요. 그런데 지금은 그럴 시간을 내기 힘들어요.
퇴근 후 아이들 바자회에 가져갈 케이크를 구워야 하는
것조차도 너무 스트레스니까요."

나는 대답하고 나서 답답한 마음에 내 발 앞에 있던
조약돌을 걷어찼다.

"그런 뜻이 아니었어요." 노부인이 말했다. "많은
시간을 들이지 않고도 세상을 더 쉽게 개선할 수 있는
방법이 있어요. 지금도 자각하지 못한 상태로 이미
한두 가지 행동을 하고 있을 거라 확신해요."

나는 미간에 주름을 잡으며 그게 뭔지 생각하려 했다.

"팁을 하나 드릴게요." 그녀는 내가 여전히 이해를 못
했다는 걸 눈치채고 말했다. "집에 있는 쓰레기는
분리수거를 하죠? 안 그래요?"

"아하, 그런 말씀이셨군요." 내가 말했다.

"맞아요! 우리가 일상에서 하는 모든 일에는 영향력이 있어요. 다른 사람이나 환경에 말이죠. 때론 우리의 행동이 전 세계적으로 영향을 미치기도 해요. 그러니 열대우림을 보호하려고 직접 그 나무에 가서 몸으로 막을 필요가 없어요. 열대우림을 베어서 만든 제품, 그러니까 열대우림 목재로 만든 가구나 야자유로 만든 식품을 구입하지 않는 것만으로도 이미 당신은 열대우림 보호에 기여를 하는 거예요."

"맞는 말씀이에요."

"우리 게임할까요?"

"좋아요!"

나는 노부인이 이번엔 무슨 생각을 하고 있는지 궁금했다.

"같이 아이디어를 모아보자고요. 많은 시간을 들이지 않고 매일 세상을 개선하는 방법이 뭐가 있을지."

나는 고개를 끄덕였다.

그녀가 다시 입을 열었다. "주변에 있는 쓰레기를 주워 가장 가까운 쓰레기통에 버린다! 이번에는 당신 차례예요!"

나는 잠시 생각한 뒤 말했다. "비닐봉투와 종이봉투

생산을 줄이기 위해 장 볼 때 항상 천 가방을 가지고 다닌다!"

"좋아요." 그녀가 기분 좋은 표정으로 말했다.

"《빅이슈》∷ 노숙자의 자립을 돕는 잡지를 산다!"

나는 잠깐 생각을 했다. "가능하면 자동차는 집에 두고 걷거나 대중교통을 이용한다."

"유통기한이 곧 만료되는 식료품을 산다. 그리고 못생긴 과일을 산다. 내가 사지 않으면 버려질 테니까." 노부인이 재빨리 대답했다.

"비행기를 타고 여행을 가는 대신 가까운 곳으로 간다." 내가 덧붙였다.

이렇게 우리 두 사람의 핑퐁 게임은 계속되었다.

고민 있는 친구의 말을 들어주기, 카풀하기, 기부 상자에 돈 넣기, 동물 보호소의 개 산책시키기, 고기 덜 먹기, 먹어도 유기농 제품 먹기, 안 쓰는 가전제품 전원 끄기, 대기 모드로 두지 않기, 이웃집 어르신 장 봐주기, 계절 상품과 지역 상품 우선으로 구입하기, 다 읽은 책 도서관에 기증하기, 소시지나 치즈를 사러 가면 진열대에 있는 제품을 직접 가져온 그릇에 담아오기, 개인이 가져간 그릇에 담는 게 불가능한 식품 매장이 있다면 그렇게 할 수 있도록 계속 부탁하기, 상태 좋은 옷과 장난감 기부하기, 공정무역 제품에 관심 갖기, 재활용 종이와 재활용 화장지 사용하기, 일회용 물병은 사지 않기, 방을 나갈 때 항상 불 끄기, 친구의 아이들 돌봐 주기, 습관적으로 쓰던 화장품 대신 천연 화장품 사용하기…….

우리 목록은 점점 길어졌다.

"물론 이것들은 모두 사소한 일이지만 그중 몇 가지라도 실천하면 많은 것을 이룰 수 있어요."

노부인이 마무리를 지었다.

나는 하늘을 봤다. 그사이 구름은 청회색으로 변했고 서서히 밤이 찾아왔다. 나는 우리가 모은 아이디어를 머릿속에 다시 한번 떠올려보고 몸을 구부려 핸드백에서 작은 수첩을 꺼내 들었다.

"여기에 모든 아이디어를 적어야겠어요." 내가 말했다.

"'어떻게 하면 세상을 매일매일 더 좋게 만들 수 있을까?' 목록은 아직 끝나지 않았다는 확신이 들어요."

숲속에서 만난 고양이

'여기서 나가야 해!'라는 생각뿐이었다.

나는 현관문을 쾅 하고 큰 소리를 내며 닫았다. 20분 뒤
숲속 공터에 도착했다. 기진맥진한 나는 차가운 벤치에
털썩 주저앉았다. 날씨는 이틀 전부터 영하로 떨어졌다.
눈을 감고 아주 천천히 숨을 들이쉬고 내쉬자 심장
박동이 서서히 되돌아왔다. 마르틴과 싸웠던 소리가
여전히 내 안에서 계속 울렸다. 갑자기 바지 밑단에
움직임이 느껴졌다. 깜짝 놀라 눈을 뜨고 내려다보니
발밑에 흰 고양이가 있었다.

"어머나, 숲 한가운데서 혼자 뭐하고 있니?" 나는 깜짝
놀라 물었다.

고양이는 단박에 벤치로 뛰어올라 내 옆에 앉았다.

"너 정말 예쁜 아이구나."

나는 장갑을 벗고 고양이 귀 뒤쪽을 쓰다듬으며
내 옆으로 바짝 끌어당겼다. 고양이 털은 기분 좋게
부드럽고 따뜻한 느낌이 들었다. 고양이도 눈을 감고
만족해하는 것 같았다.

'대체 얼마 만에 고양이를 쓰다듬는 건지.'

이 생각이 머릿속을 관통했다. 안타깝게도 마르틴은
동물 털 알레르기가 있어서 우린 집에서 반려동물을
키우지 못한다.

어렸을 때는 집에서 톰이라는 검은색 고양이를 키웠다.
〈톰과 제리〉라는 애니메이션을 보고 내가 톰이라고
이름을 지어줬다. 내게 톰은 친구이자 형제자매,
참을성 많은 놀이 친구이자 내 비밀을 전부 털어놓을
때 잘 들어주는 훌륭한 경청자이기도 했다.

얼어붙을 것 같은 싸늘한 바람이 내 얼굴로 불었고
벤치가 너무 차가워서 엉덩이에 감각이 거의 없었다.
혹시 노부인이 오늘 올까? 추위에 더 이상 견디기 힘든
상황이었다. 지난 며칠 사이에 숲속 나무들은 앙상한
가지가 훨씬 더 많아졌다. 노란색과 갈색 잎이 남아

있는 나무는 몇 그루 없었다. 바닥도 어느새 거의
갈색으로 덮여갔다. 내 옆에 있는 비쩍 마른 고양이도
추운지 몸을 떨었다.

"자, 잘 들어봐. 우리 서로 몸을 따뜻하게 해줄까?"
나는 고양이를 내 무릎에 두었다. 고양이는 곧바로
몸을 둥글게 말았다. 톰은 내가 쓰다듬어주는 걸 정말
좋아했고 항상 내 침대 발치에서 잤다. 내가 밤만 되면
어둠 속에서 겁에 질려 벌벌 떨었기에 부모님이
선물해주신 고양이였다. 톰이 우리 집에 온 뒤로 나는
한밤중에 깨도 톰이 나지막이 코 고는 소리를 들으면
안심하면서 안전하다고 느꼈다.

지난 몇 주 동안은 그래도 편안한 기분이 들었다.
오랫동안 느끼지 못했던 감정이었다. 인생의 두 가지
질문을 통해 많은 것이 긍정적으로 바뀌었고 이전에
알지 못했던 것들을 이해하게 되었다. 그러다 세 번째
질문이 쓰나미처럼 밀려와 내 모든 힘을 빼앗아갔다.
그때부터 나는 망망대해에 떠 있는 기분이었다. 그날도
마찬가지였다.

퇴근 후 서둘러 아이들을 데리러 갔다가, 아이들과
얼른 장을 본 뒤 귀가해서 물건이 가득 찬 장바구니에

둘러싸인 채 부엌에 서 있었다. 식기 세척기 안에 있는
그릇도 꺼내야 했고, 아침에 먹었던 접시는 여전히
식탁 위에 있었고, 바닥은 쿠키 몬스터가 전투를
일으킬 태세를 갖춘 듯 난리가 난 상태였다.

"엄마, 꽥꽥 꽥꽥." 작은아이가 『아기 오리 넬리』 책을
내밀며 보챘다.

"난 TV 볼 거야." 큰아이가 칭얼거렸다.

"나중에 읽어줄게." 나는 작은아이에게 말하고
큰아이에게 갔다. "'난 TV 볼 거야'가 아니라 'TV 봐도
돼요?'라고 말해야 해. 자, 이제 2층에 가서 놀아.
엄마는 여기서 할 일이 있어."

둘 다 마지못해 나갔다.

잠시 후 현관문 잠금 장치에서 열쇠가 돌아가더니
캐리어가 굴러가는 소리가 타일이 깔린 복도에서
들렸다. 이틀간 출장을 마치고 집에 온 마르틴이
부엌으로 들어와 내 뺨에 가볍게 입맞춤했다.

"박람회는 어땠어?" 내가 물었다.

"완전히 스트레스만 받았어." 그가 중얼거렸다.

그는 장 봐온 가방에 튀어나와 있는 바나나를 집어
들더니 거실로 사라졌다. 10초 후 TV 켜지는 소리가

숲속에서 만난 고양이

들렸다.

"설마 지금 장난치는 건 아니겠지?" 나는 부엌에서
거실을 향해 소리쳤다.

"무슨 말이야?" 즉각 대답이 왔다.

내가 씩씩거리며 부엌을 나와 거실로 가니 마르틴은
소파에 편안하게 드러누워 부드러운 쿠션에 깊숙이
파묻혀 절대 나오지 않을 태세로 카우치 테이블에 발을
얹고 있었다. 그는 TV를 보며 바나나를 한 입 깨물었다.

"지금 할 일이 산더미처럼 쌓인 거 못 봤어?"

"나 지금 일단 좀 쉬어야 해." 퉁명스러운 대답이었다.

"그럼 난 뭐지?" 나는 내 목소리가 날카롭게 갈라지는
걸 느꼈다.

"여기 같이 앉아."

"농담해? 그럼 장 봐온 거 정리하고 식기 세척기
치우는 건 누가 해? 식탁은 누가 치우지? 우렁각시가
해주나?"

"그런 건 나중에 해도 되잖아……."

"나중에?" 나는 쓸쓸하게 웃었다. "미안하지만 나
약속이 있거든."

"누구랑?" 마르틴의 눈이 동그랗게 커졌다.

"진공청소기로 당장 청소해야 할 정도로 완전히
더러워진 차랑, 낙엽이 치워지기를 간절히 기다리는
잔디밭하고. 빨래가 끝난 세탁물이 담긴 바구니도
세 개나 정리해주길 기다리고 있지. 그리고 여기
살고 있는 어린 두 사람도 나를 보고 싶어 해."
"정말로, 난 모르는 일인데." 마르틴은 개구쟁이
소년처럼 씩 웃었다.
전에는 내가 이런 미소를 얼마나 사랑했던가, 하지만
이제는 화만 불러일으킬 뿐이었다.
"아주 재미있네."
"좀 진정해." 마르틴이 TV를 향해 고개를 돌리며
말했다.
"진정하라고?" 내 목소리가 더 높아졌다. "내가 재미로
이 일을 하는 게 아니라는 생각을 한 번이라도 해본 적
있어? 아무것도 안 하고 당신처럼 소파에 앉아
뒹굴거리는 것 말고는 내가 하고 싶은 게 없다는
생각은 안 해봤냐고?"
"그럼 왜 그렇게 안 하는데?" 마르틴이 짜증스럽게
물었다.
"대체 무슨 생각으로 그런 말을 해?" 나는 그에게

쏘아붙였다. "나는 일이 있고 큰 집과 어린아이가
둘이나 있어서 그렇게 못하는 거야. 오늘 이 모든 일을
내려놓으면 내일 내가 할 일이 두 배로 늘어나잖아.
이젠 내 머리가 어디에 있는지도 모르겠어! 내가
이 모든 것에 얼마나 지쳤는지 말하기도 힘들어!"
이제 마르틴은 모든 관심을 나에게 집중했다.
"그게 무슨 말이야?"
그 순간 내 안의 무언가가 갑자기 확 터지는 느낌이
들었다. 좌절과 실망으로 생긴 단단한 검은 껍질이
뜨겁고 위험한 분노가 쏟아져 나오자 터져버린 듯했다.
"그게 무슨 말이냐고?" 나는 퉁명스럽게 쏘아붙였다.
"매일 퇴근하고 탈진 상태로 집에 오자마자 내 눈앞에
산더미처럼 쌓여 있는 일…… 징그럽게 싫어. 우리
아이들을 위한 시간을 전혀 못 내는 것도 정말 싫어.
아이들한테 매일 '안 돼, 지금은 아니야!'라고 말해야
하는 것도 소름 끼쳐. 항상 피곤하고 탈진된 느낌이고
그 어떤 것에서도 기쁨을 느낄 수 없는 것도 끔찍하게
싫어. 매일 안간힘을 쓰며 살아가는 다람쥐 쳇바퀴
같은 내 인생도 싫어. 이 일들은 매일매일 반복되고,
절대 끝나지 않아."

마르틴은 눈을 동그랗게 뜨고 입을 살짝 벌린 채 나를 바라봤다. 마르틴은 지금까지 단 한 번도 내가 그렇게 화내는 모습도, 큰 소리를 내는 것도, 감정을 제어할 수 없는 상태도 본 적이 없었다.

"하지만⋯⋯."

"아직 안 끝났어." 나는 단호하게 그의 말을 막았다. 그런 다음 깊게 심호흡을 했다. "내가 말하는 게 무슨 뜻인지 알고 싶어? 나는 우리 집도 정원도 우리 차도, 그리고 여기 있는 넘쳐나는 모든 잡동사니도 싫다고!" 나는 한 바퀴 돌면서 으르렁댔다.

"이 모든 것이 나를 집어삼키기 때문이야!"

"하지만 이게 다 당신이 원했던 거잖아." 마르틴은 말을 더듬었다.

그 질문에 대한 답은 나도 알지 못했다. 답하는 대신 나는 도망치듯 집을 나왔다.

숲 한가운데 있는 오래된 벤치에 고양이와 나란히 앉아 있는데, 앞으로 무엇을 어떻게 해야 할지 나도 알 수 없었다. 왜 그렇게 오랜 세월 동안 눈을 감고 매일

숲속에서 만난 고양이

자신을 속였을까? 겉으로는 내 인생이 아름다워야 했고
무지개 빛깔의 비눗방울처럼 보이게 해야 했으니까,
그 모습을 유지하려고? 아니, 나는 나 자신을 알지도
못했고 나를 둘러싼 새장이 엄청난 자유라고 생각하고
살았다.

"가야겠어." 나는 혼잣말처럼 말했다.

그런 다음 고양이를 땅에 내려놓은 뒤 작별 인사로
귀 뒤를 한 번 더 긁어주었다.

잠시 후 집으로 가는 길에 적색 신호등이라 멈춰
있는데 울타리 뒤에서 그네를 타고 있는 어린 소녀가
보였다.

두꺼운 겨울옷을 잔뜩 껴입고 그네를 타는 그 아이는
일곱 살이나 여덟 살쯤 되었을까? 아이는 신이 나는지
공중에서 높이 다리를 들어 올렸고 두 갈래로 땋은
머리가 양쪽으로 한껏 휘날렸다. 얼마나 세게
올라가는지 그네가 매달린 기구가 하중으로 흔들릴
정도였다. 아이가 기뻐서 소리를 질렀는데, 얼굴에 빛이
나는 모습이 내 눈에도 보였다. 아이 얼굴이 얼마나
밝고 맑은지 진정한 행복감이 그대로 드러났다.

문득 예전에 내게도 있었던, 그 시기의 내 모습이

떠올랐다.

그 소녀는 숲에서 나무에 오르기를 얼마나 좋아했던가.

고양이와 껴안고 장난치며 끊임없이 웃음을 터뜨리던
소녀.

그땐 근심 걱정 없이 참 행복했고 계속 그렇게 인생이
흘러가리라 생각했는데.

얼마나 큰 착각이었는지……

무지개는 기다리지 않는다

숲으로 가는 내내 어떤 예감이 머릿속을 떠나지 않았다.
어쩌면 안개 때문이었을지도 모른다. 안개가 덤불과
나무뿐 아니라 내 주변의 모든 소리를 집어삼키는
바람에 숲이 비현실적으로 보였으니까. 지난 며칠 동안
이곳 숲속 공터에 세 번 와서 노부인을 기다렸다.
그러나 단 한 번도 만나지 못했다. 나는 제발 오늘은
그녀를 만날 수 있기를 바랐다.
공터에 도착해도 주변을 거의 알아보기 힘들었다. 진한
안개 사이로 희미하게 보이는 앙상한 가지만 남아 있는
늙은 떡갈나무는 섬뜩하고 거대한 유령 같은
모습이었다. 오늘은 빛이 전혀 들지 않을 것 같은

가을날이었다. 거위 털 패딩코트 지퍼를 끝까지 올리고
주위를 둘러보았지만 아무도 보이지 않았다.

"안녕하세요?" 나는 큰 소리로 외쳤다. "여기 계세요?"
대답이 없었다. 돌아보니 사방이 안개뿐이었다.

"내 말 들리시나요?" 이번에는 더 크게 소리쳤다.
들리는 건 희미한 메아리뿐이었다.

나는 실망감이 내 안의 곳곳에 퍼져가는 느낌이
들었다. 오늘도 허탕 치는 건가?

그때 근처에서 나뭇가지가 부러지는 소리가 나더니
잠시 후 노부인이 안개 속에서 나왔다.

"만나서 반가워요." 노부인이 말하며 씩 웃었다.
그녀의 미소는 이제 아주 익숙하고 친근해졌다.

"지난 며칠 동안 어디 계셨어요? 얼마나 보고
싶었는데요." 그녀를 보자 나도 모르게 튀어나온
말이었다.

"아, 괜찮아요?" 그녀가 걱정스러운 얼굴로 나를 보며
묻더니 벤치를 가리켰다. "여기 앉을까요? 아니면 좀
걸을까요?"

오늘 그녀의 얼굴이 어쩐지 피곤하고 창백해 보인다.
안개로 흐려진 빛 때문인가?

"그냥 앉을게요." 나는 대답하며 자리에 앉았다.

"좀 지쳤고 솔직히 말하면 오늘 기분이 그렇게 좋지는 않아요. 그동안 무슨 일 있었나요? 괜찮으세요?"

"아이고, 이 세상에 갈수록 젊어지는 사람은 없어요." 그녀가 말하며 다시 미소를 지었다. "그렇게 나쁘지는 않아요……. 지금 마음속에 담고 있는 게 뭔가요?" 말을 끝낸 그녀의 눈이 다시 진지해졌다.

"휴……." 나는 심호흡을 하며 말을 시작했다.

"인생의 세 번째 질문에 대해 오랫동안 생각해봤어요. 이제 내가 필요하지 않은 것이 무엇인지 알아요. 그리고 내가 무엇을 갈망하는지도 알 것 같아요. 그런데 아무리 쥐어짜고 돌려봐도 시간이 허락하지 않아요." 이 말을 하고 나자 가슴이 철렁 내려앉는 느낌이 들었다. "시간을 어떻게 내야 할까요?"

"내가 정말 도와주고 싶네요." 노부인이 말했다. 그녀의 눈에 슬픈 표정이 그대로 담겨 있었다. "그런데 그 답은 본인만이 찾을 수 있어요."

"그런데 어떻게 찾죠? 그러려면 내 인생 전체를 무너뜨려야 한다는 느낌을 떨칠 수 없어요. 하지만." 나는 침을 꿀꺽 삼켰다. "그럴까 봐 너무 두려워요."

나는 코트 주머니에서 손수건을 꺼내 코를 풀었다.
나는 누군가의 손에 이끌려 조심스럽게 돌길을 따라
내려오다가 갑자기 큰 산 앞에 홀로 남겨진 아이가 된
것 같은 기분이었다.

"걱정하시는 거 충분히 이해해요. 무언가를 바꾼다는
게 간단할 때도 있지만, 때로는 많은 용기가 필요해요."

"많은 걸 이루어 놓았는데, 한순간에 다 던져버릴 순
없어요." 나는 내 목소리가 떨리는 걸 느끼며 말했다.
노부인의 이마에 주름이 잡혔다. 몇 가지 방안을
생각해내는 것 같았다.

"인생에 관한 마지막 질문을 알고 싶어요?"
그녀가 물었다.

"네, 그럼요! 마지막 질문이 어떤 건가요?"

"음, 그러니까." 그녀는 머뭇거리며 고개를 옆으로
돌렸다. "마지막 질문을 말하기 전에 알아야 할 게
있어요. 마지막 질문은 기존의 다른 질문들과는
다르다는 점이에요."

"어떻게 다르다는 거죠?"

"그 질문으로 인해 모든 것이 바뀔 수 있어요."

"바로 그런 걸 찾는 중이에요!"

그녀의 얼굴에 미소가 번졌지만 표정은 다시 진지해졌다. "준비됐어요?"

나는 심호흡을 했다.

"네, 준비됐어요."

그녀는 다가와 내 손을 잡았다. 그런 다음 그녀는 내 눈을 바라봤다.

"마지막 질문은, '내가 1년 후에 죽는다는 사실을 알아도 지금처럼 계속 살고 싶은가'예요."

나는 등줄기에 전율이 흘렀다.

내가 마지막 질문에 대해 생각하기도 전에 그녀가 말했다. "눈을 감아요."

"왜 눈을 감아야 하죠?" 나는 혼란스러워져서 물었다.

"당신을 마음 여행으로 데려가고 싶어서요."

나는 그녀가 말한 대로 했다.

"이제 무지개가 있다고 상상해보세요."

내 마음의 눈에 이미지가 만들어지기까지 시간이 걸렸다. 그러다 나는 눈앞에 크고 넓은 들판과 그곳에 있는 옥수수 이삭이 바람에 흔들리는 모습을 보았다. 들판 위로 스펙트럼의 모든 색상으로 화려하게 빛나는 무지개가 펼쳐져 있었다.

"뭐가 보여요?" 옆에 있던 노부인의 목소리가 들렸다.

"예쁘고 화려한 색이요."

"또 뭐가 보여요?"

하늘을 뒤덮은 회색 구름층에서 빗방울이 땅에 떨어지는 모습과 그 구름층 한가운데 태양 광선으로 부서진 작은 틈을 보았다.

"비가 내리고 있고, 동시에 태양이 빛나고 있는 모습이

무지개는 기다리지 않는다

보여요."

"기분이 어때요?"

"행복을 느껴요. 그리고 기쁨도."

"왜 그럴까요?"

"무지개가 특별해서 그런 것 같아요. 아주 짧은
순간이지만 굉장히 소중한 시간이니까요."

눈을 뜨지 않아도 그녀가 미소 짓고 있다는 걸 알 수
있었다.

"중국 속담에 이런 게 있어요. '당신이 아이들에게
무지개를 보여주고 있는 동안 당신의 일은 도망가지
않지만, 무지개는 당신이 그 일을 마칠 때까지 기다려
주지 않는다'라고요."

갑자기 내 마음의 눈에서 무지개가 사라졌다.
대신 내 인생의 장면들이 슬로모션으로 촬영한듯
펼쳐졌다. 나는 사무실에 있는 내 모습과 중요한
회의에, 마트에, 세탁실에, 아이들과 함께 거실 바닥에
앉아 있는 자신을 보았다. 생기 없는 입술에 낯빛이
창백하고 갸냘픈 모습의 여자. 쫓기는 짐승처럼 보이는
여자. 공허한 눈빛의 여자가 거기 있었다.

그러자 통증이 몰려왔다. 허리케인 같은 고통이었다.

그것이 나를 던지고 내리누르고, 잡아끌었다.
내 안에서 슬픔과 두려움, 분노를 꺼내 뒤흔들었다.
나는 어린아이처럼 울부짖었다. 큰 소리로 흐느꼈고
전신이 떨렸다. 어느 순간 허리케인의 포효가 가라앉고
눈물이 잦아들 때까지 계속 그랬다. 나는 차츰차츰
진정되면서 젖은 뺨에 닿는 바람을 느꼈고, 내 머리 위
나무에 남아 있는 마지막 잎사귀들이 바스락거리는
소리를 들었다. 한참을 그렇게 앉아 있었다. 눈을 다시
떴을 때는 내 옆자리가 비어 있었다.

나의 새로운 길

"여보, 빨리 나와. 그릴 켜놨어!" 밖에서 마르틴이
부르는 소리가 들린다.

"잠깐만 기다려, 금방 갈게."

나는 큰 소리로 대답하고 꽃무늬 앞치마를 머리 위로
뒤집어썼다. 그런 다음 작은 원형 거울 앞에 서서 나도
모르게 미소를 지었다.

내 얼굴은 햇볕에 많이 그을렸고 헝클어진 머리가
사방으로 튀어나와 있었다.

"너, 아마존 원주민같이 거칠어 보이는걸!"

나는 장난스레 혼잣말을 했다.

좀 전에 나는 마르틴이랑 아이들과 한바탕 물싸움을

한 후, 서핑보드를 타고 호수를 가로질러 갔고 돌아올 때 보드에 등을 대고 누워 구름이 움직이는 모습을 지켜보며 행복한 웃음소리와 강변에서 불어오는 바람 소리를 들었다. 한바탕 신나게 놀고 난 오후의 결과가 이제 내 머리에 그대로 드러났다.

대부분의 소지품이 들어 있는 옷장 맨 위 서랍에서 머리빗을 꺼내 머리를 뒤로 빗어 넘기며 둘둘 말아 묶었다. 관자놀이 앞에 흰머리 몇 가닥이 눈에 띄었다. 지금처럼 거울 앞에 서서 '빨리 염색해야겠다'라고 생각한 게 몇 주 전이었다. 그러다 갑자기 간질간질한 느낌이 들었고, 내가 너무 잘 아는 느낌이었기 때문에 잠시 멈췄었다.

"그런데 왜 염색을 해야 하지?" 나는 스스로에게 물었다. "흰머리 몇 가닥이 뭐 그렇게 대수라고? 물론 흰머리가 있으면 나이가 좀 들어 보이는 건 사실이지. 하지만 난 이제 20대가 아니잖아."

그리고 이런 생각을 하면서 기분이 굉장히 좋았다. 최근에 여러 번 비슷한 일이 있었고 그때마다 나도 놀라면서 깨닫게 된 사실에 긍정적인 에너지를 받았다. 내가 그동안 '젊은 여성'으로 살아오면서 불안을 느낀

적이 얼마나 많았던가. 난 강하고 자신감 넘치는 척
연기했을 뿐이었다. 그런데 내 안에 존재하는 내면의
힘이 어느새 진짜가 되었다. 삶이 거친 북풍처럼
귓가에 몰아치는 날에도 나를 따뜻하게 보호해주는
외투를 입은 것처럼 느껴지는 것도 이 내면의 힘 덕이다.
그리고 거울 앞에 섰을 때 이 내면의 힘이 나타났다.
흰머리와 주름살, 그리고 곧 마주하게 될 관절염 등을
받아들이는 법을 배우고 싶은 소망도 갖게 되었다.
얼른 속눈썹에 마스카라를 칠하고 냉장고에서
커다란 케이크 상자를 꺼낸 뒤 싱크대 옆에 있던
포장지로 싼 물건을 들고 문을 열었다. 늘 그렇듯
문턱에 잠시 멈춰 서서 기쁨과 설렘으로 심박동이 좀
더 빠르게 요동치는 느낌을 온전히 느꼈다. 내 앞에는
울창한 녹색 덤불과 키 큰 활엽수로 둘러싸인 호수가
펼쳐졌다. 8월의 태양은 하늘에 깊숙이 자리 잡아
호수 수면 위로 강렬한 빛을 비췄다. 태양이 닿은
수면은 수없이 많은 다이아몬드가 박혀 있는 것처럼
반짝였다.
신이 날 대로 난 나는 캠핑카 마지막 계단을 폴짝 뛰어
풀밭으로 내려왔다. 내가 맡아서 키우고 있는 유일한

화초인 수국 두 그루가 잘 자라주는 것에 행복을
느끼며 우리의 작은 오아시스를 나와 월계수 울타리로
발걸음을 옮겼다. 울타리 두 곳을 더 지나 오른쪽으로
돌아 이웃 캠핑카가 있는 작은 정원으로 들어갔다.
마르틴은 바비큐 그릴 앞에 얀코와 나란히 서 있었다.
두 남자는 손에 맥주병을 하나씩 들고 완벽하게
고기를 익히는 기술에 대한 대화를 나누고 있었다.
얀코와 지나 부부의 캠핑카 앞에 놓인 흰색 접이식
의자에 앉아 있는 지나가 보였다. 검은 머리를 포니테일로
묶은 그녀는, 술 장식이 달린 핫팬츠와 가느다란 팔뚝이
드러나는 흰색 톱 차림이었다. 지나 오른쪽에는 우리
아들이 잔디밭에 엎드려 캠핑장 고양이 트루디를
쓰다듬어주고 있었다.

간식을 찾아 캠핑장을 쉬지 않고 배회해 제법 배가
통통해진 트루디는 네발을 쭉 뻗은 채 쓰다듬어주는
손길을 만끽하는 듯했다.

"안녕, 지나. 생일 축하해." 나는 몸을 숙여 지나의 뺨에
입맞춤했다. "오늘 멋있는걸!"

"에이, 그만해. 멋있긴……." 지나는 웃으며 내 말을
부인했다. "내년에 내가 몇 살이 되는지 상상조차 못
하겠어. 나도 이제 젊음은 끝이야."

나는 케이크 상자를 그녀 앞 탁자 위에 내려놓았다.

"선물이야."

"선물 너어무 너어무 좋아."

지나는 열정적으로 소리를 지르며 손뼉을 쳤다. 나는
웃을 수밖에 없었다. 지나는 항상 자신의 감정을 여과
없이 드러냈는데, 그런 모습이 그녀를 처음 만났을
때부터 그녀한테 푹 빠지게 한 이유 중 하나였다.

"음, 딸기 케이크라니." 그녀는 상자 뚜껑을 열어보고
환호했다. "정말 맛있어 보이네, 고마워!"

"사랑으로 지불한 거야."

"네 말이 맞아." 지나가 웃었다.

나는 그녀에게 포장지로 싼 물건을 건넸다.

"작은 선물이 하나 더 있어."

그녀는 줄무늬 포장지를 1,000분의 1초나 봤을까,

곧바로 포장지를 양쪽으로 좍좍 찢었다.

"와, 멋지다. 그걸 기억했구나!" 지나가 벌떡 일어나더니

나를 꼭 안았다. "고마워!"

한동안 그녀는 말을 멈추고, 무지개가 펼쳐진 호수가

있는 그림을 바라봤다.

"와우, 이건 우리 호수잖아." 그녀가 행복해하며

말했다. "이 그림 너무 좋아."

"고마워." 나는 민망해서 아랫입술을 잘근잘근

깨물었다.

이제 수요일마다 마르틴이 아이들을 봐주기 때문에

오후는 온전히 나만의 시간이다. 가끔은 소파에 앉아

책을 읽기도 하고 친구를 만나기도 한다. 아니면 종종

다용도실에서 이젤을 꺼내 밝은 거실에 앉아서 그림을

그린다. 내가 가장 좋아하는 모티프는 무지개라

다양한 풍경 속에 떠오른 무지개를 그린다. 때로는 내가

좋아하는 숲속 공터 위에, 때로는 황량한 회색 도시

위에 무지개를 넣는다. 사실 나는 나 자신을 위해서만

그림을 그린다. 그런데 최근에 지나가 캠핑카에서 내가

그린 그림 두 점을 보고 열광하길래 그녀를 위해
그림을 그리기로 마음먹었던 것이다.
지나가 탁자 위에 그림을 올려놓고 다시 상자에
넣으면서 물었다. "당장 케이크부터 먹어 치울까?"
"당연하지." 나는 흐뭇해하며 말했다.

노부인을 마지막으로 만난 지도 거의 3년이 지났다.
나는 자주 공터에 가봤지만 (정말 유감스럽게도) 한
번도 그녀를 만나지 못했다. 나는 마르틴에게 노부인
이야기를 해야 할지 계속 확신이 서지 않았고, 그러다

결국 얘기하지 않겠다고 마음먹었다.

그녀와의 만남은 나만을 위한 것이라고 내 마음이 내게 말했다. 물론 내 생각에 대해선 마르틴에게 다 이야기했다. 내가 왜 더 이상 행복하지 않은지도 설명했다.

"그래서 당신이 원하는 게 뭐야? 지금 우리한테 부족한 게 뭐지? 모든 것이 잘되고 있잖아."

우리 둘 사이에 수없이 많은 이야기가 이어졌고, 때로는 큰 소리도 오갔다. 하지만 마르틴은 조금씩 내 문제가 무엇인지 이해했다. 그는 또한 삶의 네 가지 질문을 통해 내가 깨달은 것도 이해했다.

"케이크 드실 분?" 지나가 캠핑카 안에서 쟁반을 들고 나오면서 소리쳤다.

"고맙지만 난 나중에 먹을게." 얀코가 대답했다.

마르틴은 동의하며 고개를 끄덕였다. "맥주와는 잘 어울리지 않아서 말이야."

"여기 남자분들껜 죄송하지만 우리가 먹고 나면 남는 게 있을지 모르겠네요." 나는 농담을 하고는 흰색 플라스틱 테이블 앞에 앉았다.

어느새 제법 자란 우리 집 작은아이가 게걸스럽게
달려들었다. 나는 아이를 무릎에 앉혔다. 지나는 우리
앞에 딸기 케이크 두 조각이 담긴 접시를 내려놨다.

"맛있게 먹어."

아들은 커다란 케이크 조각을 입 방향으로 놓고 포크로
들어 균형을 맞추려 했지만, 목표 지점 직전에 케이크가
떨어져 티셔츠와 바지에 흰색 크림이 묻었다.

"대히트작이야!" 나는 말해놓고 웃음을 참을 수
없었다. "세탁한 옷은 이게 마지막인데, 내일 집에 가는
날이니 천만다행이지 뭐야."

"그런 무던함이 너무 부러워." 지나의 목소리에 솔직한
감탄이 묻어났다. "어떻게 그렇게 모든 걸 아무렇지도
않은 것처럼 쉽게 넘어갈 수 있어?"

"음, 얼룩 때문에 화난 적은 없어. 하지만 나도 긴장을
끌어안은 채 불안하게 살아가던 때도 있었지. 그땐 아주
사소한 일로도 매번 화를 냈으니까."

"설마?" 지나의 눈이 놀라서 동그랗게 커졌다.
그녀는 내가 만우절 농담이라도 한다는 듯 나를
쳐다봤다.

"안타깝게도 사실이야."

"그런데 대체 어떻게 바뀐 거야?"

"얘기하자면 너무 길어. 네가 원하면 나중에 조용할 때 전부 다 얘기해줄게. 커피나 와인을 마시면서 말이야. 어때?"

"무조건 그래야지!" 지나는 과하게 고개를 끄덕였다. "나 정말 너무……."

지나의 말이 전화벨 소리로 끊어졌다.

"미안해, 내 동생이야. 받아야 하는 전화라……."

그녀는 말하면서 캠핑카로 사라졌다. 그동안 케이크를 다 먹은 작은아이가 내 무릎에서 뛰어내려 트루디를 찾으러 갔다.

나는 마지막 한 입을 다 먹고 호수 위로 시선을 던졌다. 멀리서 지나가 통화하는 소리가 희미하게 들렸다. 지난 3년을 다시 떠올려봤다.

그 사이에 우리는 두 번째 차를 처분했고 넓은 집과 정원, 꽉 들어찼던 가구도 더 이상 소유하지 않은 채 우리에게 정말 필요한 물건만 가지고 살고 있다. 마르틴과 나, 둘 다 이전과 비교하면 60퍼센트 정도의 일만 하고 작은 아파트에 살면서 낡은 캠핑카를

마련했다. 대신 우리에겐 정말 중요한 것들을 위한
시간이 있다. 우리 아이들과 친구들, 그리고 우리
부부만의 시간, 취미 생활과 봉사 활동할 시간도 있다.
나는 일주일에 한 번 그린 레이디 :: 병원이나 요양원 등에서
봉사하는 사람을 일컫는 말가 되어 요양원에 가서 노인들을
돌본다. 뭔가 읽어드리기도 하고, 때로는 그냥 침대
옆에 앉아 말없이 그들의 손을 쓰다듬어드리기도 한다.
그럴 때마다 나는 공터에서 만난 노부인을 떠올리며
진심으로 감사하게 생각하고, 그녀가 잘 지내고 있기를
소망한다. 언젠가 고요한 순간에 나는 공터에서 더
이상 그녀를 찾을 필요가 없다는 것도 받아들였다.
내가 어디에 있든 그녀는 항상 거기에 있기 때문이다.
내 마음과 생각 속에서 그녀는 나의 새로운 길에
동행했다.

"지나, 어디 있어? 고기가 다 익어가는데!"
얀코의 외침에 나는 다시 현실 세계로 돌아갔다.
"금방 갈게!" 지나는 화려한 줄무늬 방충망 커튼
사이로 머리를 내밀었다. "그래도 난 건배 먼저 하고
싶어!"

지나는 한 손에는 샴페인 병을, 다른 한 손에는 유리잔
두 개를 들고 나와 잔을 테이블 위에 놓고 자신의 잔과
내 잔에 샴페인을 따랐다.
"자, 건배!" 남자들이 우리와 합류해 맥주병을 번쩍
들어 올리자 얀코가 큰 소리로 외쳤다.
"우리 모두를 위해!" 지나가 모두를 향해 활짝 웃었다.
"그리고 우리 인생을 위해!" 내가 미소 지으며 덧붙였다.
맥주 두 병과 샴페인 두 잔이 명쾌한 소리를 내며
부딪쳤다.

인생의 도미노

"귀염둥이 둘 다 벌써 잠들었어?" 몇 시간 뒤 마르틴이 물었다.

나는 캠핑카 맨 위 계단에 있는 마르틴 옆에 앉아 있었다. 어느새 어두워졌다. 시커먼 하늘에는 이미 수많은 별이 빛나고 있었다.

"마멋 :: 다람쥣과 마멋속의 포유류를 통틀어 이르는 말 두 마리 같아."

나는 마르틴의 무릎에 손을 얹으며 말했다.

"깨물어주고 싶을 정도라니까. 아이들 자는 모습을 보면 얼마나 귀여운지."

"그런데 현실에선 정말 꼬마 악마인데."

"말도 안 돼. 무슨 소릴 하는 거야?"

나는 웃으며 마르틴의 옆구리를 팔꿈치로 찔렀다. 잠시 후 나는 호수를 바라봤다. 은빛 초승달이 은은하게 물결치는 수면에 반사되었다. 나는 이곳을 정말 좋아한다. 매일매일이 다르고 계절마다 완전히 다른 모습을 보여주기 때문이다. 더운 날에는 왁자지껄 생동감이 넘치고, 지금 같은 밤에는 조용하고 멜랑콜리해서 다채로운 풍경에 기분 전환도 되고, 마음의 평화를 얻기도 한다. 무엇보다 나는 캠핑 생활의 단순함이 좋다.

지금 우리가 쓰는 이 캠핑카는 마르틴이 우리 아버지와 둘이서 구색을 갖추려고 열심히 노력해서 만든 작품이다. 몇 제곱미터 안 되는 작은 공간에 함께 살 때 생기는 친밀감. 사흘 동안 화장을 하지 않고 같은 옷을 입고 돌아다닐 수 있는 자유는 사랑이다.

"마르틴?" 귀뚜라미가 소리가 나기 시작할 즈음 내가 그를 불렀다. "오늘, 지난 3년간 우리 삶에 대해 생각해 봤어."

"그래?"

"잘 생각해보니 모든 것을 바꾼 것은 한 가지 커다란 일이 아니라 수많은 작은 일들이었어. 긍정적인 변화가

인생의 도미노

넘어뜨리게 되는 도미노같이 말이야.

긍정적인 연쇄 반응이었지. 당신도 그렇게 생각하지 않아?"

마르틴을 바라보는 순간, 그의 눈이 즐거움으로 반짝인다는 걸 알았다.

"우리 철학자님!" 마르틴이 내 어깨에 팔을 두르고 나를 자신의 몸 쪽으로 끌어당기며 말했다. "어떨 땐 당신을 정말 못 알아볼 정도……."

나는 마르틴의 옆구리를 다시 찔렀다.

"그게 칭찬이었으면 좋겠는데!"

대답 대신 그의 부드러운 입술이 내 입술에 닿았다. 나는 눈을 감고 그와 가까이 있는 순간을 즐겼. 오랫동안 이어진 강렬한 키스가 끝난 뒤 나는 그의 어깨에 머리를 기댔다. 그렇게 한동안 우리는 말없이 앉아 있었다.

"여보." 잠시 후 마르틴이 내 귀에 속삭였다. 그의 코끝이 내 머리카락에 파묻히는 느낌이 들었다.

"응?" 나는 고개를 들었다.

이번에는 그의 눈이 진지해 보였다.

"당신이 1년 후에 죽는다는 사실을 안다면 오늘 당신의 삶에서 어떤 걸 바꾸고 싶어?"
따뜻하고 뭉클한 느낌이 배 속 한가운데에서 온몸으로
퍼져 손끝까지 간질간질한 느낌이 들었다.
"바꾸고 싶은 게 하나도 없어." 나는 미소를 지으며
말했다.
그러고 나서 나는 마르틴의 어깨에 머리를 기댔다.

감사의 말

나를 사랑해주고 응원해주는
모든 이에게 감사의 말을 전한다.

영감을 주고, 격려해주고,
앞으로 나아가게 하는 사람.

나에게 길을 닦아주고,
돌을 치우고, 문을 열어주는 사람.

내 실수를 짚어주고, 거울을 들어주고,
내가 더 나아지게 만들어주는 사람.

나에게 우정을 주고, 잡아주고,
열심히 도와주고, 포용해주는 사람.

나를 보호하고, 존중하고,
진지하게 받아들이고, 견뎌주는 사람.

나와 함께 기뻐하고, 내 편이 되어주고,
나를 위해 거기 있는 사람.

나와 함께 웃고, 함께 울고,
나를 믿어주는 사람.

옮긴이의 말

인생에서 가장 행복한 순간은 언제였나요?

1년 전쯤 독일 친구가 물었다. 인생에서 가장 행복한 순간이 언제였느냐고. 상대는 내게 가볍게 질문했는데 그때 느낀 순간의 당혹감은 아직도 생생하다. 글쎄, 언제였지? 도무지 떠오르지 않았다. 놀랍게도 무언가를 이루었거나 소유했을 때가 아니었다. 어렸을 때부터 파노라마처럼 최근까지의 내 삶을 되새겨보았다. 답을 찾으려면 내 안의 나를 만나야 했다. 내가 나와의 만남을 무시하고 외면하고 정신없이 살아왔다는 깨달음이 들었다. 그로부터 며칠간 나는 그동안 돌아보지 않았던 마음속 깊은 내 자아에게 질문을 던져보았다. 너는 언제가 가장 행복했어?

그렇게 며칠간 나와의 만남을 시도한 끝에 대답을 찾았다. 질문했던 친구에게 진심으로 고맙다는 말을 전했다. 그 질문 덕분에 내면의 내가 하는 말에 귀 기울이게 되었고, 내면의 나와 대화가 가능했다고.

그러다 이 책을 만나고 제목을 마주한 순간 내 안에서 숨죽이고 있던 내가 다시 꿈틀대기 시작했다. 네 가지 질문이 너무 궁금해서 그 자리에서 오디오북을 구입하여 쉬지 않고 다 들었다. 어쩌면 내 이야기이거나, 친구

옮긴이의 말

이야기일 수도 있는, 누구나 한 번쯤 마주할 수 있는 문제였다. 머나먼 남의 이야기가 아니었다.

육아와 일에 치여 사는 워킹 맘. 번아웃된 그녀가 바람에 흔들리는 낙엽처럼 자신의 인생이 어디로 가는지 모르는 답답함을 느낄 때 나도 그녀와 똑같은 느낌이었고, 숲을 찾고 거기서 만난 노부인과 대화를 나누며 인생의 네 가지 질문을 마주할 때 나도 똑같이 내게 물어봤다. 책 속의 그녀가 자신의 인생에서 언제 어디서 특히 행복했는지 자문하는 장면에서는 나보다 내 안의 내가 더 궁금해했다.
이 책은 단지 그녀만의 이야기가 아니라, 남들이 만들어놓은 답을 따라가려고 바쁘게 살아가면서도 진정한 나와는 만나지 않고 내면의 목소리를 외면해온 우리 모두의 이야기다. 그녀는 자신 안에 있는 내면의 나침반 소리에 귀를 기울이면 기울일수록 자신이 끌고 다녔던 짐이 점점 더 가벼워지는 걸 느끼는데, 그건 그간 내면의 나침반을 무시하고 살았던 우리 모두에게 건네는 말이기도 했다.

내면의 나침반을
따르는 사람은
눈을 감고도
목표에 도달한다

내가 가장 행복했던 순간은 내면의 나침반을 따라갔을 때라는 걸 깨닫게 해준 소중한 책을 번역하게 되어 감사하다. 이 책을 통해 자신의 진정한 내면을 만나는 독자가 한 분이라도 있으리라 믿는다.

옮긴이 송경은

독어독문학과를 졸업하고 독일 괴팅겐 대학에서 공부했다. 독일 바이에른 주 경제협력청 한국사무소와 독일 회사에서 통역을 전담했다. 현재 KBS 다큐멘터리 시리즈를 포함한 다양한 책들을 번역하는 전문 번역가로 활동하고 있다.

작품을 맡으면 늘 오디오 북을 들으며 저자나 등장인물과 같이 호흡하고 동화된다. 번역이 끝나도 한동안 작품에서 헤어 나오기 힘들지만, 번역할 때 행복지수가 무한대로 올라간다. 『식욕 버리기 연습』, 『파리는 언제나 사랑』, 『죽음의 론도』, 『꿈꾸는 탱고클럽』 등 30여 권이 넘는 책을 번역했고 또 꾸준하게 할 것이다.

숲속 노부인이 던진 네 가지 인생 질문

1판 1쇄 인쇄 2024년 5월 16일
1판 1쇄 발행 2024년 5월 29일

지은이 테사 란다우 **옮긴이** 송경은
펴낸이 김영곤 **펴낸곳** (주)북이십일 아르테

책임편집 원보람 **디자인** vergum
문학팀장 김지연 **문학팀** 권구훈
해외기획실 최연순 소은선
출판마케팅영업본부장 한충희
출판영업팀 최명열 김다운 권채영 김도연
마케팅2팀 나은경 정유진 백다희 이민재
제작팀 이영민 권경민

출판등록 2000년 5월 6일 제406-2003-061호
주소 (우 10881) 경기도 파주시 회동길 201(문발동)
대표전화 031-955-2100 **팩스** 031-955-2151
이메일 book21@book21.co.kr

아르테는 (주)북이십일의 문학 브랜드입니다.

ISBN 979-11-7117-479-9 (03850)

∴